HAYMON verlag

*Ja, was ist denn die Wahrheit über mich,
über irgendeinen? Die ließe sich doch nur sagen
über punktartige, allerkleinste Handlungsmomente,
Gefühlsschritte, die allerkleinsten, über Tropfen
um Tropfen aus dem Gedankenstrom ... Alle die
tausend, Tausendstelsekunden von Gefallen, Angst,
Begierde, Abscheu, Ruhe, Erregung, die einer
durchmacht, worauf sollen die schließen lassen!
Müssen sie schließen lassen? Auf eins doch nur:
daß er von vielem gehabt und gelitten hat ...*
Ingeborg Bachmann, Ein Wildermuth

*Welch ein Abgrund täte sich auf, wenn
wir uns selbst erkennen und verstehen könnten
und dabei ohne die Möglichkeit wären,
uns selbst zu korrigieren!*
Wolfgang Hildesheimer, Marbot

Für W., plus que jamais

EINS

1

Drüben.
Ja, dort.

Das Grummet war geschnitten.

Heißer Mittag, Sommerende. Laut der letzten Grillen. Er schwoll an und ab, drängend und durchdringend, und es war ihr ein Zeichen. Wespen über dem Fallobst, süße Fäulnis der Mostbirnen. Kolbenschlagen eines Traktors im Wald. Über den Hügelkuppen flimmerte die Luft.

Ihr Rücken schmerzte. Die Rinde der Eiche jenseits auf dem Hügel grub sich in die Haut. Sie verscheuchte die Ameisen von den Schuhen und zog den Rock bis zu den Knöcheln. Nahm den Feldstecher wieder auf. Schaute hinüber. Dorthin. Stützte die Arme auf die Knie, um dem Zittern Halt zu geben. Im Hals spürte sie den Herzschlag. Sie stand auf, ging um den Baum, verließ aber seinen Schatten nicht. Setzte sich wieder hin, blieb reglos. Schaute. Drüben blieb alles still.

Die Sonne neigte sich.

Im ersten Stock hatte die Hausfront fünf Fenster. Die Sicht war fast zur Gänze verdeckt durch die großen Bäume, die um den Tümpel standen, aber sie wußte, daß es fünf waren und welche zur Bibliothek gehörten, welche zum kleinen Salon und welche zu seinem Arbeitszimmer. Sie wußte, wo der Schreibtisch stand, der Zeichentisch mit den alten Katasterpapieren, den Bleistiften, Federn, Pinseln, Linealen, Tinten-, Tusche- und Wassergläsern, den Schnüren, Blechschachteln, Federmessern, Zeitungen, toten Käfern, Briefen, den vielen Briefen. Wie die hellen Weichholzschränke aussahen mit den Fächern für die fertigen Blätter, hunderte, tausende. Sie wußte noch immer, welche er ihr beim ersten Mal gezeigt hatte, damals, im Mai einer anderen Zeit. Und später neue und wieder neue in den zweieinhalb Jahren, die alles waren.

Kein Schimmelhengst sprang in das Bild.

Sie stand auf und barg den Feldstecher im Lederfutteral.
Trank vom Holundersaft.
Sie war leer und müde.
In weitem Bogen ging sie über die Wiesen.
Die Hügel hinauf, die Hügel hinunter.
Den Waldrand entlang, durch die Gräben.
Mied die Straßen und Wege.
Ging und schlich, beharrlich und hoffnungslos.
Wut in ihrem Gesicht, Scham.
Und etwas Verzehrendes, das sich sanft ergab.

Mittelpunkt ihres Umkreisens war das hellgrüngraue Landschlößchen mit den weißen Fenstereinrahmungen und dem hölzernen Glockenturm auf dem Giebel als Wahrzeichen, waren der Garten davor und das Gehege für die Hühner dahinter, der Kiesweg, das Lusthaus, der Teich. Das eine Zimmer, das große, helle, über dessen Doppelbett Alexej Jawlenskys Portrait der anderen hing.

Ja, dort.
Drüben war niemand zu sehen.
Das Haustor blieb geschlossen.
Als die Sonne sank, wurde es kühl.
Das Zirpen der Grillen schwoll panisch an.
Sie hatte auf ihn zugelebt, lange, bevor sie ihn kannte.
Und als es zu Ende war, war es nicht zu Ende.
Um neun Uhr siebzehn ging ihr Zug.

2

Es war die Angst, schrieb sie später in ihren „Lebenserinnerungen", die sie mit 51 Jahren in einer Gefängniszelle beginnen wird. Angst und das Gefühl von Einsamkeit, von Fremdsein. Es hätte eine glückliche Kindheit sein können, vielleicht war sie es auch, und das Dunkle war nur, was sich mit den Jahren in den Vordergrund drängte und entfaltete.

Unser Gedächtnis ist ein launenhafter, flüchtiger Kumpan.

Sie waren vier Geschwister, sie war die zweite, alle geliebt und umhegt. Wien, auf der Wieden, vierter Gemeindebezirk. Heumühlgasse, unweit der Stadtbahn und des damals noch nicht regulierten Wienflusses, der einst viele Mühlen angetrieben hatte, wovon die Namen heute noch zeugen: Mühlgasse, Schleifmühlgasse, Heumühlgasse. Eine gediegene, gute Gegend, aristokratisch ursprünglich mit den Sommerresidenzen der Adeligen, jetzt bürgerlich und geschäftig. Die ersten Spitäler der Stadt waren hier gebaut worden, Brauereien und ausladende Gasthöfe an den Fernstraßen in den Süden. Nahe dem Starhemberg'schen Freihaus, in dem um die Wende vom 19. zum 20. Jahrhundert an die tausend Menschen zur Miete wohnten, war einst das Schikanedertheater gestanden und das Häuschen, in dem Mozart seine „Zauberflöte" komponiert haben soll. In der Mühlgasse war immer noch der kaiserlich-königliche Hof- & Kammer-Clavierfabrikant Friedrich Ehrbar ansässig und daneben das Konservatorium für Musik und Dramatische Kunst. Blühende Akazienalleen im Frühling.

Am 8. Juli 1894 kam Emmy Haesele im nahen Mödling, wo sich die Familie in den Sommerwochen aufhielt, zur Welt. Es war noch das Mödling der besungenen lieblichen Gegend, die schon Schubert angezogen hatte und Beethoven, Raimund, Hofmannsthal und Schnitzler, und die das bevorzugte Ausflugsziel vieler Wiener war, wenn sie abends oder sonntags hinausfuhren in ihren Kaleschen oder zu Fuß wanderten, den Bächen entlang, unter Föhren und Buchen, Lachen und Singen. Es war das Jahr, in dem der französisch-russische Zweibund geschlossen wurde, in Paris die Dreyfus-Affäre ihren Anfang nahm und in dem Anton Bruckner an seiner letzten, der 9. Symphonie, arbeitete.

Das erste Bild, das Emmy in sich trägt, ist das Bild einer Doppelperspektive: sie sieht sich auf dem Arm ihrer Iglauer Amme, das große Eingangstor des Hofes steht halb offen, die Amme zeigt auf das tobende Wasser des Mödlingbaches, der vor dem Haus vorbeifließt, und das Kind hört das mit Schrecken ausgerufene Wort: Überschwemmung! Und später wundert sie sich, wie es möglich war, sich selbst von außen zu sehen, als ob sie eine dritte Person wäre, währenddessen sie doch selbst auf dem Arm der Amme war.

Bilder, die blieben: das wilde Reich des Mödlinger Gartens, dessen Wiese sich zunächst sanft, dann immer steiler die Hänge des Frauensteins hinaufzieht. Ein Gartenhäuschen, das voll von Gerümpel und Geräten ist, die Fenster haben dunkelrotes Glas, manche Jalousien sind geschlossen. Spinnweb und Staub. Eine schwarze Katze flüchtet. Unter dem Tisch zwei große, fremde Augen, die sie bedrohlich anstarren. Nachtpfauenauge des Entsetzens.

Und anderntags mit Rudi, dem größeren Bruder, noch weiter hinauf in diesen ersten Garten ihrer Kindheitssommer. Dichte Gebüschhecke, eiserne Gitterpforte, schmale Brücke. Unheimliche, rumpelnde Geräusche kommen aus der Tiefe, kommen näher, grauenerregende Dämonen scheinen nach ihr zu greifen. Die Dampftramway rollt immer noch durch ihr Gedächtnis. Oder die Drachenbahn im Prater, deren unheimlichste Szene der „Kampf auf dem Meeresgrund“ ist, in der ein Taucher mit einem Messer auf ein Ungeheuer einsticht, aussichtslos scheinbar, denn er sticht und sticht noch immer zu, während die Bahn weiterfährt. Unterwasserlandschaften werden die Themen ihrer ersten Bilder sein, als sie Jahrzehnte später zu zeichnen beginnt.

Sommer war auch Pörtschach. Es war das lichte Land mit Großvater, dem Fabrikanten der berühmten Geburth-Öfen, und Tante Anna, die das Kind umsorgte mit einer Innigkeit, die es von zu Hause her nicht kannte. Auf den Fotografien ist sie ein drei-, vierjähriges Mädchen, kurzer, dunkler Pagenkopf, weißes Spitzenkleidchen, lachend. See und Sonne. Der Großvater, schon über siebzig, nimmt Stunden im Bicycle-Club, die Männer fahren auf einem eingezäunten Platz im Kreis auf ihren hohen Rädern, manche auf Tandems. Vor dem Aufsteigen hüpfen sie lange Zeit auf einem Bein neben dem Rad.

Das Kind beobachtet genau. Der Hausbesorger in Pörtschach heißt Franz Haas, er hat ein Flinserl im linken Ohrläppchen, wie Herr Kirchschlager, der Hausmeister in der Wiener Heumühlgasse. Beide riechen sie nach Schweiß, beide haben einen gönnerhaften, teils respektvollen Ton im Umgang mit den Kindern. Sie sind handwerkskundige Männer, und wenn Franz frühmorgens die Gartenwege recht, erzählt er, wie viele Hechte Großpapa heute schon gefangen hat. Beim Fischkasten unten am See späht sie durch die Löcher im Holz, grausige Bartwürmer eines großen, schwarzen Wallers.

Sie fängt selbst Fischlein und wirft sie wieder ins Wasser, sie sollen leben. Eines löst sich nicht mehr vom Angelhaken, es blutet aus dem stummen Maul und stirbt. Die Erinnerung daran bleibt ihr als Schuld, getötet zu haben, und das Wort *Mörderin* prägt sich ihr ein.

Einmal fährt Emmy mit Großpapa und Tante Anna nach Triest. Reserviertes Halbcoupé I. Klasse, das eigens aufgesperrt wird, weiße Spitzenüberzüge auf den roten Samtkissen. So nobel reist Mama nie mit den vier Kindern. Mittags werden aus einer großen, roten Ledertasche Köstlichkeiten ausgepackt, gebratenes Huhn, Semmeln, eine Flasche

Rotwein. Silberne Reisebecher, die man ineinanderschieben kann. Das Hotel in Triest liegt am Pier, am Hafen einer Monarchie, deren Fassade immer noch glänzt. Handelsschiffe, Kräne, Lastenträger, Passagierdampfer, Segelboote. Sie steht am Fenster, aufregendes Leben. Aber da hört sie ein durchdringendes Jaulen und Heulen – in einem am Quai vertauten Boot schlägt ein Bursche auf einen jungen Bernhardinerhund ein, prügelt blindlings und wütend, sie schreit, weint, der Großvater schickt einen Hotelangestellten hinunter zum Schiff. Die Vision dieser Szene überfällt sie immer wieder, und sie muß die Qual der Kreatur ohnmächtig mitfühlen. *Wenn Großpapa mir damals diesen kleinen Hund gekauft und geschenkt hätte, wäre mir viel einsames Leid erspart geblieben, aber ich weiß, daß dieser kleine Hund ebenso in mein Schicksal hineinverwoben ist wie alles andere Leid, das Gott für mich ausersehen hatte.*

Die Wohnung im ersten Stock in der Heumühlgasse Nr. 3 ist groß und dunkel. Sieben Zimmer, sechs Nebenzimmer. Im Kreis angeordnet, in der Mitte ist die Ordination des Vaters, praktischer Arzt, Dr. Leo Göhring, beliebt und bekannt weitum. Tapetentüren, Wartezimmer, Bazillen, die sie sich als böse, schwarze Kobolde vorstellt. Ruhe, wenn der Vater Sprechstunde hat. Wird nur geläutet, sind es Patienten. Wird geläutet und ans Küchenfenster geklopft, sind es die Kinder. Stubenmädchen, Köchin, Kindermädchen. Später immer wieder eine neue Mademoiselle, um Französisch zu lernen. Das Kinderzimmer ist hell, aber die Fenster sind aus Fürsorge vergittert und gehen auf einen ummauerten Hof hinaus.

Der Hof. Er war *das Tor zur Welt*. Ihn durchqueren die Kinder, wenn es warm geworden ist nach der langen Winterzeit mit dem Schein der Petroleumlampe unter dem Türspalt und dem Knistern des Feuers in den Öfen; wenn sie in den Garten dürfen, an jenen Ort der süßen Geborgenheit, den sie in der Erinnerung verklärt. Dieser verwunschene Garten liegt hinter dem Hof und ist über den Durchgang des II. Stiegenhauses zu erreichen: klein, still, ein Brünnlein in der Mitte, ein efeuumranktes Bassin mit Goldfischen, zwei Maulbeerbäume, zwei uralte Schildkröten, die sie als Symbol von Ewigkeit, Kraft und Zähigkeit in vielen ihrer Zeichnungen wiederbeleben wird.

Garten-Kindheit. Was wird zum Myzel, das sich ausbreitet und fruchtbar wird? Was bleibt? Das Salettl zum Aufgabemachen? Die blauen Schwertlilien? Der Geruch des Eau de Cologne, der aus einem Kellergewölbe steigt, in dem die Abfüllerei einer Parfumfabrik untergebracht ist?

Die Pferde. Durch die vergitterten, von Staub blinden Fenster eines Nebengebäudes entdeckt sie die Tiere eines Tages voll Aufregung, sie stehen im Halbdunkel, bewegungslos, alt, vergessen. Als wären sie hier eingemauert und verdammt zu lebenslänglichem Kerker.

Schon als Kind hat Emmy das Gefühl von Brüchigkeit und Doppelbödigkeit:

Daß es eine Welt jenseits der sichtbaren gibt und diese gleichsam durchwebt und durchtränkt, war mir seit frühester Kindheit dunkel bewußt, denn dieselben vertrauten Personen konnten plötzlich wie fremde Dämonen und Gespenster aussehen, die altgewohnte, heimatliche Umgebung veränderte in Sekundenschnelle ihr Antlitz und wurde kalt, starr und furchteinflößend. Dann gab es wieder Augenblicke, z. B. beim Betreten einer bis dahin unbekannten Brücke oder bei einer sonstigen neuen Situation, daß ich von dem Gefühl des „Schon-einmal-erlebt-haben" überwältigt wurde. Das alles bedrängte mich und war doch unmittelbar, verlangte aber gebieterisch irgendeinen Ausdruck. Und was lag da in Wien, der Stadt der Musik, näher, als dies alles mittels Musik auszudrücken.

Mit noch nicht sechs Jahren lernt sie auf eigenen Wunsch Violine, mit zehn spielt sie mit *ehrfürchtigem Schauer* Beethoven-Sonaten. Musik ist ihr *Religion*.

Die Erziehung der vier Geschwister ist großbürgerlich liberal, aufgeschlossen, musisch. Die Eltern sind Protestanten, Religion spielt aber wenig Rolle. Die Kinder erhalten eine sorgfältige Ausbildung, die beiden Schwestern gehen ins Lyceum, die Söhne studieren später. Bis zur Mittelschule ist Emmy vom Zeichenunterricht befreit: Eislaufen und Spazierengehen seien gesünder, sagt der Vater. Die Jahre danach zeichnet und malt sie lustlos und mit schlechten Noten, die Schablonenhaftigkeit des Lehrstoffes ödet sie an. Die Mutter malt, wenn ihr Zeit bleibt, friedliche Öllandschaften. Der Vater liebt akademische Malerei, zu deren Szenen sich das Mädchen Romane ausdenkt. Die Bibliothek ist umfangreich, aber es gibt verbotene Bücher: früh das von Doré illustrierte Märchenbuch, später die Illustrationen von Toulouse-Lautrec. Gestattet ist der abgegriffene „Zauberer von Czernowitz", vielleicht auch, weil Vaters Vater aus Czernowitz kommt. Die Kinder spielen manch obskures Spiel, Kartenkunststücke und rätselhafte Rechnereien mit überraschender Lösung. Versuche als Medium. Die Mademoiselle aus der französischen Schweiz stickt und spricht mit den Kindern die Sprache ihres Landes. Die Großmutter liebt die Oper und hat, als die Not es erforderte, Cholerakranke gepflegt, selbstlos und ohne Furcht. Der Geburth-Großvater wird Betreuer des evangelischen Friedhofs. Das jüngste Brüderchen ist ungeschickt und wird verwöhnt. Die Köchin kocht fünf Gänge, das Stubenmädchen deckt den Tisch.

Von draußen tönen die Zwölfuhrglocken der Paulanerkirche durch die geöffneten Fenster. Die Familie ist um den sonntäglichen Mittagstisch versammelt. Silberbesteck, klingende Gläser, weiße Schürze. Was drang ein in die dunkle

Wohnung in der Heumühlgasse Nr. 3, was von der Stimmung auf den Straßen im Wien der Jahrhundertwende mit seinen Spannungen und Glücksmomenten, seinen Katastrophen und Heiterkeiten, seinen Nationalitäten, Individualitäten, Sprachen, Lebensweisen, Philosophien, naturwissenschaftlichen und künstlerischen Revolutionen? Sprach man über Eugenie Schwarzwalds neue Erziehung für Mädchen, Arthur Schnitzlers „Leutnant Gustl“, Sigmund Freuds „Traumdeutung“ oder das Phantom, das Selbstverwirklichung meinte?

In den Kaffeehäusern halten Literaten und Künstler Hof. Ein junger Zeichner namens Alfred Kubin ist einmal als Gast dabei. Er kam von München, vom wilden Schwabing her, dessen Orgien und kosmische Gedankenflüge im Gerede waren, bewundert und belächelt. Er interessiert sich für die Künstler der Wiener „Secession“ um Gustav Klimt, Carl Moll und Koloman Moser, die im Protest gegen veraltete Strukturen aus dem Künstlerhaus ausgetreten waren. Von Moser lernt er dessen Technik mit Kleisterfarben, sie diskutieren die Münchner und die Wiener Avantgarde. Die goldgerankte Kuppel des Jugendstilgebäudes der Secessionisten zwischen Innerer Stadt und der Wieden, nahe der Heumühlgasse, leuchtet als Wahrzeichen einer neuen Zeit. Lange steht der junge Kubin im Kunsthistorischen Museum vor den Bildern der beiden Breughels und in der Albertina vor den Zeichnungen aller Zeiten. Am Semmering begegnet er zum ersten Mal Gustav Meyrinck und plant, dessen „Golem“ zu illustrieren.

Die Heumühlgasse wäre eine stille Gasse im etwas abgelegenen Winkel zwischen Karlsplatz, Paulanerkirche und Wienfluß. Aber in einem städtebaulichen Großprojekt werden die alten Brücken abgerissen, das verzweigte Gewässer 1897/98 reguliert und für Hochwasserschutz und die Errichtung einer Stadtbahn bis hinaus nach Hütteldorf überwölbt.

Ein Jahr später wird die Wientallinie eröffnet, die Sitze der II. Klasse sind mit grünem Büffelleder überzogen, die Bänke der III. Klasse sind aus Eschenholz. Der traditionsreiche Naschmarkt, den Emmy in seiner Farbenpracht und Duftfülle von Obst und Gemüse, Fleisch und Fisch und Waren aller Art aus nahen und exotischen Ländern liebt, wird vom Karlsplatz auf das erhöhte Gelände der Überbauung verlegt, er verliert die improvisierte Vielfalt der selbstgezimmerten Hütten, Stände und Schilder und wird in normierte Ladenzeilen gezwängt.

Im Untergrund jedoch, in den Gewölben, Kavernen und den Tunnels für die Kanalisation entsteht schon in den ersten Jahren des neuen Jahrhunderts eine Gegenwelt, finden die Armen, Obdachlosen und „Kriminellen" der Stadt einen neuen Zufluchtsort. 1905 bringt die „Arbeiterzeitung" bereits einen großen, durch Fotos dokumentierten Beitrag über „Das unterirdische Wien". Die Mutter warnt die Mädchen vor zweifelhaften Gestalten.

Noch liegt Glanz über der Metropole des Vielvölkerreiches. Aber der Kaiser ist versteinert, die Kaiserin ermordet, der Thronfolger ein Selbstmörder. Die Tschechen wollen Unabhängigkeit, die Slowenen, Ruthenen, Kroaten, Bosnier, Serben, Herzegowiner und alle anderen auch. Demonstrationen auf den Straßen der Innenstadt. Antisemitische Parolen.

Der Vater, Dr. Leo Göhring, erweitert den Kreis seiner Patienten, die Mutter und die Demoiselles erziehen. Emmy gilt als schwierig und verstockt. Sie ist anders. Sie hat Gesichte, und mitunter befiehlt ihr eine Donnerstimme aus dem Irgendwo Dinge zu tun, vor denen sie zurückschreckt. Nur sie hört diese Stimme des „Hüters der Schwelle", und sie kann nicht darüber reden.

Wenn sie krank ist und fiebert, hat sie Alpträume. Zwei Träume kehren wieder, obsessiv und quälend: Sie ist in eine braune Höhle gebannt, zusammengekrümmt kauert sie in der Finsternis, einen salzigen Geschmack auf der Zunge, in abgrundtiefem Ausgestoßen- und Eingeschlossensein. Sie nennt den Traum *Das braune Salz*. Ähnliches Entsetzen stößt sich auch im zweiten Traum tief ins Gedächtnis: Sie hockt auf einem Felsen, verlassen von allen Menschen, bis zu den Füßen umgeben von wogendem, brandendem, grünblauem Meer. Sie weint, Marie, die jüngere Schwester, versucht sie aufzuwecken, Emmy flüchtet sich auf den Boden neben dem Waschtisch, sie hört die Schwester und spricht mit ihr, kauert zugleich aber immer noch in panischer Angst auf dem Felsen im Weltenmeer. Die Erinnerung daran bleibt. Nach Jahrzehnten wird sie die Träume mit C. G. Jungs Psychoanalyse als pränatale Traumata deuten lernen und sie für ihre Kunst fruchtbar machen.

Emmy hat besondere Augen – sie sehen Sein und Schein. Und auch den Unterschied von flott und gebrechlich, fremd und vertraut, reich und arm. Da sieht sie eines Nachmittags im Winkel eines Durchhauses einen Bettler stehen. Durch sein bloßes Dasein bringt er ihr Mitleid in Aufruhr.

Dieses namenlose Mitleid gipfelte in einer Anklage gegen Gott u. einer nicht zu beschreibenden Scham vor diesem Bettler, daß ich, jung und gesund, gutgenährt u. gut gekleidet, ihm gegenüber stehen muß. Und feig ergriff ich gewöhnlich die Flucht ... Das Mitleid verwandelte sich jäh in schreckliche Wut: ich hätte am liebsten all diesen Jammergestalten ins Gesicht geschlagen, sie erschossen, zertrampelt, vernichtet, außerdem schämte ich mich noch für sie, daß sie ihr Elend so zur Schau stellten, u. mit ganz verhärtetem Herzen ging ich vorüber. Aber kaum war ich ums nächste Hauseck, zog es mich wieder zurück, u. ich machte oft die verrücktesten Umwege, um nur nochmals an diesem Bettler vorbeigehen zu können und ihm ganz harmlos – als wäre es mir gerade erst eingefallen – ganz nebenbei ein Geldstück in die Hand zu legen. Manchmal zwang ich mich hart zu bleiben, da wurde es oft erst der nächste oder übernächste Tag, der mich doch wieder zu dieser Stelle zog, u. wenn er dann nicht mehr dort stand, so fühlte ich mich des Mordes schuldig – denn mein Almosen hätte ihn vor dem sicher eintretenden Hungertod retten können.

Dieses Erlebnis beschreibt Emmy Haesele drei Jahrzehnte später in einem Brief vom Oktober 1933. Aber noch ist das Jahrhundert jung. Noch ist Emmy Haesele ein Kind, das zum jungen Mädchen heranwächst. Sie gilt immer noch als hypersensibel und hat eine überbordende Phantasie. Lebt zwischen Gott und Straßenpflaster, Traum und Alltäglichkeit. Will alles wissen, alles deuten. Neigt zur großen Gebärde, zum Schauer, zu Schuld und Angst. Backfischalbernheiten macht sie nicht mit.

Das Konfirmationsbild von 1910 zeigt sie als nachdenkliche Schönheit im weißen Spitzenkleid, eine Taftmasche unter der Brust, rüschengestuft der Rock, locker ist sie auf eine Art Jugendstilkonsole gestützt.

Die Zeit der Rebellion kommt: sie läßt sich ostentativ die Haare kurz schneiden, fährt Motorrad, gilt in der Familie als extravagant. Sport ist von den Eltern zwar immer schon gefördert und begrüßt worden, Bergsteigen, Skifahren, Eislaufen, aber Emmy tendiert zum Extremen und zur großen Herausforderung: Sie macht, in Schnürmieder, langem Rock und Nagelschuhen, waghalsige Klettertouren in Südtirol und im Dachsteingebiet. Mit Marie gelingt ihr die Erstbesteigung der Kleinen Bischofsmütze in einer Damenseilschaft.

Die steirische Ramsau wird zum Treffpunkt der Jugendlichen: Die Mutter, immer schon auf der Suche nach Natureinsamkeit für ihre Kinder, um sie nicht als „Stadtkinder" einseitig zu erziehen, hatte kurz vor dem Ersten Weltkrieg eine Hütte gefunden und gepachtet. Die Geschwister, altersmäßig eng beisammen, bringen Freunde mit, es wird gefeiert, gewandert, geklettert. Geliebt wahrscheinlich auch. Schnitzler'sche Szenarien. Unter den Freunden zwei, die entscheidend werden: Hans Haesele und Kurt Zelenka, beide studieren Medizin. Rudolf, Emmys ältester Bruder, wird 1922 in einem Wettersturz mitten im August am Dachstein umkommen. Er liegt auf dem Bergsteigerfriedhof in der Ramsau begraben.

3

Und dann Krieg.

Weder in den Lebenserinnerungen Emmy Haeseles noch in ihrem Tagebuch, noch in den vielen Briefen gibt es Zeugnisse aus dem Jahr 1914. Kein Kommentar zu Kriegsbegeisterung, Kriegskatastrophe. Auch in den Jahren davor keine Notate zur Zeitgeschichte. Was allein bewegt, ist sie selbst. Das allerdings ungewöhnlich, analytisch, philosophisch.

Sie ist sechzehn, siebzehn Jahre alt. 1910/11 verbringt sie in einem Pensionat in Weimar. Es war das Jahr, in dem sie ein *Geheimnis Gottes* erkannte, ein Jahr voll von unerhörten inneren Erlebnissen, so schreibt Haesele 1933 in ihren tagebuchartigen Aufzeichnungen unter dem Titel „Dieses ist mein ‚Manuskript' ein Anderes hab ich nicht".

„Wer bin ich und was bin ich" – diese Fragen hatten mich schon lange beschäftigt, denn fremd und einsam fühlte ich mich, wo ich hinkam, und wenn ich Eltern und Geschwister anschaute, so erschrak ich zutiefst – aber vor dieser Fremde. Dann kam die inbrünstige Liebe zu „Gott-Vater" und Christus, aber sie waren außen ... Ich war das unwürdige Geschöpf, das Kind, das von Gott nur aus Gnade liebevoll umfangen wurde. Und dann kam der Haß: Gott der Allmächtige, Schöpfer Himmels u. der Erden, er hat uns arme Menschenkin-

der nur geschaffen, um über uns triumphieren zu können! Er – extremster Ausdruck des Egoismus – Er weidet sich an der Sterblichkeit und dem Untergange alles Geschaffenen, nur um den Triumph seiner Unsterblichkeit auskosten zu können! ... ihm zum Trotz (nahm ich mir vor) so zu leben, daß ich ja nicht einst in den Himmel, sondern zu den Verworfenen in die Hölle komme ... Und dann habe ich die Welträtsel von Haeckel in einer Buchhandlung gesehen u. mit klopfendem Herzen hab ich heimlich dieses Buch gekauft ... ich wurde auf das Problem „Kraft u. Stoff“ (Materie und Energie) gestoßen (ohne daß mir dabei die Parallele zu „Gott u. Geschöpf“ aufgetaucht wäre) – was war früher da: Kraft oder Stoff?... ich wußte es auf einmal mit allen Sinnen ...: Kraft schuf sich die Materie, um überhaupt zu sein, um wirken zu können, um wirklich zu werden, wie aus einem Innersten, aus einem Keim entfaltete sich die ganze Welt vor mir, und mir wurde offenbar: Gott und Geschöpf sind Eines!!!!

Wohin kommt sie, die frühreife Sechzehnjährige?

Natürlich zum Nichts! ... Ich spürte – wie Du es nennst: das Überträchtige, den Überschwang – aus diesem Nichts entwickelte sich ein solcher Spannungszustand, daß die ganze Welt daraus entsprang! ... Ich war so fasziniert von dieser Offenbarung, daß ich vergaß, mich als „erkennendes Subjekt“ einzubeziehen in diese Wechselbeziehung. Ich stand außen als Zuschauer. Jetzt erst weiß ich – ach manchmal nur: daß die Mitte ewig ruhend ist u. die beiden Pole Himmel und Hölle heißen ...

Emmy Haesele ist 39 Jahre alt, als sie das formuliert. Die Zeit, die dazwischen liegt, mag aus der Retrospektive die Jugendliche klüger gemacht haben, aber nicht grundsätzlich verschieden. Diese Gedanken bleiben bestimmend für ihr Leben, sie gibt ihnen nur unterschiedliche Farbtöne, hellere oder dunklere Schraffuren: Seligkeit oder Abgrund.

4

Eine Fotografie.

Ungarisches Ambiente, eine Hütte, ein Vorgarten, mit Holzplanken eingezäunt, dahinter ist die Puzsta zu erahnen. Wäsche weht auf einem Strick. Eine junge Frau sitzt heiter gelöst auf der Erde mit einem Baby. Es ist Emmy Haesele. 1916, mitten im Krieg, hat sie ihren Jugendfreund Hans geheiratet. Er hat sein Medizinstudium beendet und ist als Arzt nach Ostungarn abkommandiert worden. Ein großer, gutaussehender Soldat, dunkel das Haar, dunkel die Augen, nachdenklich. 1917 kommt der Bub, Heinz, zur Welt. Hans läßt seine Frau mit dem Kind an die Front nachkommen. In Wien ist Hungersnot und Jungverheiratete sind schwer zu trennen. Emmy ist selbstbewußt.

Von diesen Jahren weiß man wenig. Vorübergehend arbeitet sie als Rot-Kreuz-Schwester in einem Lazarett, wie viele sozial eingestellte junge Mädchen und Frauen aus Wiens Adels- und Bürgerschicht. Aber es gibt ein Gerücht. Es versickert schnell wieder, denn es ist Krieg, er deckt alles zu. Die Fama taucht erst fast ein Jahrhundert später wieder auf: daß sie vor der Verbindung mit Hans einen wesentlich älteren Deutschen geehelicht hätte – ist es jener Dr. K., von dem sie Jahre später andeutungsweise sprechen wird? –, daß sie für geistesgestört erklärt worden sei und sich dadurch scheiden lassen habe können. Hans habe sie auch ohne die stattliche Mitgift, die vertan war, genommen.

Hans Haesele liebt sie. Er teilt ihre Neigungen und Grübeleien, versteht ihre Zerrissenheit, duldet ihre Exzentrik.

1918 bricht die Front zusammen. Im Chaos des Rückzugs erlebt Emmy grauenhafte Szenen, Heinzi ist noch kein Jahr alt, sie ist wieder schwanger, die Ungarn verweigern jeden Bissen Brot, jedes Ei, sie wird es ihnen nie verzeihen. Gerade noch rechtzeitig zur Geburt des Töchterchens Lieselotte kommen sie in Wien an. Mesi wird das Kind fortan heißen. Sie wird die Ungeliebte bleiben und bis ins hohe Alter darunter leiden.

5

Heimat, das weite Land von Vorstellungen.

Wenn das Bild, das von ihr gelebt hat, zerstört wurde, wird sie doppelt wertvoll. Die österreichisch-ungarische Monarchie ist zu einem Zwergstaat degradiert. Viele sind für einen Anschluß an Deutschland, halten dieses Rumpf-Österreich nicht für lebensfähig. Eine Republik auf dem Papier. Der Friedensvertrag von Versailles als Schande.

Aber es kommen neue Tage.

Es gibt einen Weg in die Gegenwart.

Es gibt ein Dorf namens Unken.

Als ob es gestern gewesen wäre, weiß ich noch mit welch erwartungsvoll freudiger Spannung wir an einem schönen Maitag, es war der 21. V. 1919, im Wagen des Postwirtes, Herrn Mayrgschwendtner, von Reichenhall aus das Saalachtal hereinfuhren, Berger Toni, der damals Postknecht war, auf dem Kutschbock. Meine beiden Kinder im Arm, blickte ich voll glücklichen Staunens herab auf die Schönheit unserer neuen Heimat. So friedlich lag dies Dörfchen da, eingebettet in den Kranz seiner Berge, durchzogen von dem Silberband der Saalach. Die unsagbare Schönheit dieses Anblickes bewegte mich tief und mit ganzem Herzen freute ich mich darauf, hier eine wahre Heimat zu finden, und mein Mann gelobte sich, seine ganze Arbeitskraft, sein ganzes Wissen und Können, dem Wohle der Bevölkerung von Unken zu widmen.

Heimat. Als sich Emmy Haesele 1948 die Ankunft im Bauern- und Holzarbeiterdorf in Erinnerung ruft, waren Nationalsozialismus und Zweiter Weltkrieg gerade vorüber. Da war das Wort „Heimat“ mit Blut und Boden verbunden, beladen, mißbraucht und für viele Ort zerstörter Hoffnung.

Unken also, das Dorf am Eingang zum Pinzgau, im Dreiländereck zwischen Salzburg, Tirol und Bayern. Immer schon wichtig als Durchgangsort zu den Alpenübergängen nach Tirol und Italien, zwischen Steinpaß und Kniepaß, zwischen Salzburg und Zell am See, Reichenhall und Lofer. Heftig umkämpft unter Napoleon, der Sperrbogen am Steinpaß wird erst 1929 geschleift. Unken hat seit 1916 keinen Arzt und sucht einen neuen – Hans Haesele liest die Ausschreibung und nimmt an.

Emmys Verzauberung dürfte nicht beschönigt sein. Sie hat Berge immer geliebt, seit sie mit der naturverbundenen Mutter und den Geschwistern Bauernhof-Ferien im Stubaital erlebt, sie von Wien aus Wanderungen auf den Semmering, die Rax und den Schneeberg und Klettertouren in den Kalkalpen gemacht hatte.

Der Krieg war vorüber, es war Frieden geworden.

Ein Anfang mit vielen Erwartungen.

Die junge Familie bekommt das „Doktorhaus“ zugewiesen, das der Gemeinde gehört und dem eine kleine Landwirtschaft angegliedert ist. Roßstall, Kuhstall, Schafstall, Scheune. Hinter dem Haus ein Bach, das Waschhäusl an seinem Ufer, im Frühling umringt von Dotterblumen. Das Anwesen liegt auf einer Schwemmterrasse über dem Ort, das Saalachtal zu Füßen, von Wiesen umgeben, der Achberg gegenüber und im Rund das Rabenhorn, das Rüstfeichthorn, der Wendelberg und der Predigtstuhl, in der Ferne die Leoganger und Loferer Steinberge.

Junges Familienglück. Landleben.

Man sieht sie auf der Hausbank sitzen, lachend, ein Lodenhütl auf dem Kopf, die Kinder im Arm. Sie hat Hilfen im Haushalt, die Landwirtschaft ist verpachtet, aber sie schafft und werkt, legt einen riesigen Garten an, es blüht den ganzen

Sommer lang bis in den späten Herbst, ihr Stolz ist der Staudengarten mit Phlox, Rittersporn und Helenium, mannshoch zum Teil. Sie pflanzt und erntet Gemüse, setzt Beerensträucher, kocht Apfelmus ein und Birnen-, Ringlotten- und Zwetschkenkompott, sie legt Wege und Bänke und einen kleinen Schwimmteich für die Kinder an, geht mit ihnen wandern und an die Saalach baden, schafft ihnen Holzspielzeug und Werkzeug zum Basteln und Bauen, es kommt viel Besuch, in den Ferien oft Emmys Schwester Marie mit der kleinen Lucie. Heinz und Mesi gehen in Unken zur Schule, sie wachsen mit den Bauernkindern auf, sind vertraut mit Auen, Bergen und Almen und dem Wechsel der Jahreszeiten. Die Schneestürme fegen durch das Tal, die Gewitter stürzen über die Berge und verdunkeln die Landschaft innerhalb von Minuten. Wenn es aufklart, liegt die Welt als Geschenk wie neu vor den Augen.

Die Skepsis dem jungen Arzt gegenüber legt sich schnell. Er ist Körper- und Seelenarzt zugleich, hilft arm und reich ohne Unterschied, richtet im Nachbarhaus eine kleine Station für schwierige Fälle ein, hilft auch dann, wenn kein Geld da ist. Der Gemeindesprengel ist riesig, reicht bis Melleck, fast bis zur Winkelmoosalm ins Bayerische hinüber, nach Reith und bis an die Grenze von Lofer. Die Gehöfte liegen weit auseinander und häufig hoch oben an den Berghängen, viele haben keine oder nur schlechte Zufahrtsstraßen. Er schafft sich ein Motorrad an, um schnell zu sein, im Winter muß er sich oft mit Skiern und Fellen den Weg bahnen. Durchnäßt und durchfroren kommt er nachts nach Hause, mitunter erst in den Morgenstunden, es bleibt kaum Zeit, um die Schuhe zu wechseln, denn das Wartezimmer ist bereits voll, er ordiniert, diagnostiziert, therapiert, operiert kleinere Eingriffe; wenn es nicht anders geht, assistiert ihm Emmy. Der Ruf seiner Tüchtigkeit verbreitet sich schnell, die Menschen lieben ihn, sogar in Wien gäbe es keinen besseren Doktor, heißt es. Noch sechzig Jahre nach seinem Tod wird von ihm als großem Arzt und Helden der Menschlichkeit gesprochen.

Das Dorf ist voller Feste, das Jahr hat seine Bräuche. Anklöckeln im Advent, Hausschlachtungen, Blutwurst und Bachltag, Rauhnächte und Mitternachtsmette, Maria Lichtmeß, Aschermittwoch und Ostersonntag, Christi Himmelfahrt, Fronleichnam, Sonnenwende, Mariä Geburt und Erntedank. Böllerschießen, Hochzeiten und Begräbnisse, die Totenbretter stehen an den Wegen. Im „Hochzeitszimmer" im zweiten Stock des Kramerwirtes gibt es Theateraufführungen der Unkener Laien, die Musikkapelle spielt am Kirchbühel und bei Umzügen, der Ochsenmarkt ist weithin berühmt und der Stelzentanz das große Gaudium.

Die Haeseles feiern mit, trauern mit. Vor allem er, „unser Doktor".

Emmy ist die „gnädige Frau". Die Dörfler sagen, sie hebe ihren Stand hervor. Sie suche sich sehr genau die Leute aus, mit denen sie verkehren wolle. Oft ist sie auf Schloß Oberrain bei Gesellschaften, der Doktor spielt hier gerne Tennis. Einer der Söhne des Schloßherrn wird mit Heinrich Harrer nach Indien gehen, bei Ausbruch des Zweiten Weltkrieges von den Engländern interniert werden und versuchen, mit Harrer Richtung Tibet zu fliehen. Emmy ist mondän und fortschrittlich. Sie gilt als extravagant. Sie wirkt sehr auf Männer. Aber sie ist eine große Tierliebhaberin, was sie den Dörflern näherbringt. Das Doktorhaus wird mit den Jahren zu einer kleinen Menagerie, sie zieht alle verletzten Tiere auf, die sie findet oder die ihr gebracht werden, Bussard, Reh, Igel, eine Krähe, die alle möglichen Possen vollführt, Füchse. Vor allem die Füchse. Hans amputiert den bereits brandig gewordenen Lauf einer jungen Füchsin, die in eine Falle geraten ist, man baut ihr einen Drahtverhau im Stall mit Auslauf ins Freie, ein Rüde wird gefunden, es kommen Junge. Das wird zum Stadt- und Dorfgespräch für Jahre: wie Emmy mit zwei jungen Füchsen an der Leine über den Hauptplatz des nahen Bezirksstädtchens Zell am See spaziert.

Die Bevölkerung von Unken ist nicht reich. Es gibt zwar die „Besseren“ im Schloß Oberrain, aber nur wenige Großbauern, einige wohlhabende Wirte, manchen bringen der Handel und das Transportwesen gutes Einkommen. Viele Familien leben jedoch von der Holzwirtschaft, die die kleineren Bauern und die Knechte vor allem im Winter als Nebenerwerb brauchen, um den Schmied bezahlen zu können, den Wagner, Schuster und Schneider, vielleicht auch den Arzt. Am Sonntag nach der Messe ist Zahltag auf dem Kirchplatz. Beim Lukaswirt ist der Branntweinausschank und die Brotfeilhabergerechtigkeit. Die Madonna an der Hauswand hat einen Laib Brot und einen Krug zu ihren Füßen.

Unken und das nahe gelegene Reichenhall waren aufeinander angewiesen. Die Reichenhaller Salinen brauchen jährlich tausende Festmeter Holz für ihre Solewerke und Sudpfannen, schier unersättlich ist der Bedarf an weichem Fichtenholz. Um die Wälder an den steilen Berghängen wurde seit Jahrhunderten erbittert zwischen Bayernherzögen und Salzburger Erzbischöfen gekämpft, bis 1829 der älteste noch gültige Staatsvertrag Mitteleuropas die Besitz- und Nutzungsrechte regelte. Salz war wie Gold.

Die Saalach ist ein idealer Triftfluß mit zahlreichen Nebenbächen, Klausen, Klammen, Verbauungen und Wegen. Die Unkener sind als Zech-, Holz- und Waldmeister, als Schaffer oder Wald- und Bachknechte angestellt. Viele sind „Selbstler“, die nur von Saisonarbeiten leben. Ein „Hieb“ hat bis zu sechzig Arbeiter, bis zur Bartholomäusnacht müssen die Schlägerungen in den Saalforsten beendet sein. Die Haupttrift ist zur Zeit der Schneeschmelze. Die Männer arbeiten auf Akkord. Viele verunglücken, ertrinken beim

Lösen der Verklausungen und der sogenannten „Füchse“. Ist der Hieb unzugänglich, verbluten sie, sterben an ihren Verletzungen, bevor sie mit einem Pferd ins Tal gebracht werden können oder der Arzt zu Hilfe kommt. Schicksal, sagen die Menschen. Was sollen sie auch tun. Sie brauchen das Geld. Hans Haesele richtet Erste-Hilfe-Kurse für die Holzarbeiter ein.

Land und Leute, Berg und Tal.

Das ist das eine.

Das andere ist das Suchen nach dem Anderen.

Abends kann man aus dem Doktorhaus Musik hören. Hans Haesele ist ein hervorragender Pianist, mitunter begleitet ihn Emmy auf der Violine. Sie spielen für sich und für kleine Abendgesellschaften, auch viele Künstler aus der Region sind dabei.

Und dann sieht man Hans und Emmy in Salzburg. Ein elegantes Paar. Sie im Kostüm, er im Kammgarnanzug. Einmal pro Woche fahren sie, zunächst mit dem Autobus, ab Ende der zwanziger Jahre mit dem neuen Auto der Marke Steyr. Anfangs gibt es Treibstoff nur als Apothekenware, streckenweise herrscht noch Linksverkehr. Sie sind im belebten Wien der Jahrhundertwende aufgewachsen und suchen nun wenigstens in der Provinzhauptstadt Salzburg Anschluß an das durch die Gründung der Festspiele aufstrebende kulturelle Leben und Zugang zu den Kreisen von Dichtern und Malern. In der bildenden Kunst sind die avantgardistischen Impulse allerdings schon wieder Geschichte: Die secessionistische Künstlergruppe um den „Wassermann“, die unter anderem Egon Schiele, Anton Kolig, Frans Masarel und Alfred Kubin ausgestellt hatte, zerstreute sich bereits Anfang der zwanziger Jahre. Es gibt zwar viele Malerinnen in Salzburg, die in den Nachkriegsjahren aus allen Gegenden der ehemaligen Monarchie hierher versprengt wurden, sie haben jedoch wenig Kontakt untereinander. Max Peiffer Watenphul hat sein offenes Atelier, lebt aber seit 1933 vorwiegend in Italien.

Julius Leisching, Direktor des Salzburger Museums Carolino Augusteum und ein Freund von Hans Haeseles Vater, öffnet den Bildungswilligen aus Unken manche Tür. Sie lernen den Historiker und Schloßherrn von Anif, Johannes Graf Moy, kennen, den Maler Theodor Kern, den Weltbürger Stefan Zweig. Man kann sie im Garten des künstlerfreundlichen Ehepaares Magda Mautner Markhof und Alois Grasmayr auf dem Mönchsberg vermuten, wo ihnen der ehemalige Volksschullehrer, der zum Faustforscher und Schriftsteller sowie durch den Reichtum seiner Frau zum mehrfachen Hotelbesitzer wurde, seinen astrologischen Planeten-Turm zeigt. Sie sind in der Schauspielerfamilie der Schuchters zu „Sprechabenden" eingeladen und trinken Tee in der Aignerstraße Nr. 6 bei Emeline und Oskar A. H. Schmitz, dem gescheiterten Bonvivant, Schriftsteller, Philosophen und Psychoanalytiker, der das Schwabing des Fin de sciècle in seinen wilden Jahren miterlebte und -gestaltete, rastlos durch die Welt reiste, durch seine „Haschisch"-Erzählungen berühmt wurde und Schwager Alfred Kubins ist.

Hans und Emmy Haesele kommen, gehen, bleiben meist am Rand. Können oder wollen nicht wirklich Fuß fassen. Ihre Interessen sind vielleicht zu vielfältig: Esoterik, fernöstliche Lehren, Astrologie, Graphologie – in München wird für Emmy ein Gutachten in Auftrag gegeben –, parapsychologische Phänomene. Ihre Bibliothek in Unken wächst von Jahr zu Jahr, Literatur von Goethe und Schiller bis zu Dostojewski und Rilke und zeitgenössische philosophische und psychoanalytische Studien, vor allem von C. G. Jung, von dem sie viele Erstausgaben besitzen und mit Anmerkungen versehen.

Zweimal in den zwanziger Jahren fahren sie nach Darmstadt zur „Schule der Weisheit" von Hermann Graf Keyserling. Er war berühmt für seine Lebenslehre, die Naturwissenschaft, die Theosophie Helene von Blavatskys, die Erkenntnisse fernöstlicher Denkweisen und die Jung'sche Psychoanalyse zu einer Kulturphilosophie mischte. Ziel war eine Erneuerung des Geisteslebens durch schöpferische Erkenntnis und bewußte Selbstverwirklichung in der Überwindung des Gegensatzes von Rationalismus und Irrationalismus. Das lag in der Zeit, und es war auch für Emmy nicht neu, diese Fragen kannte sie von sich selbst, sie waren nur in ein gutes Konzept gebracht. Sie bewahrt sich genug Ironie, um Distanz zu halten:

Wie zu einer Pilgerfahrt zogen wir aus mit geläutertem Herzen und gläubigem Sinn. Aber verwirrend war die Fülle der „Arrivierten" oder solcher, die es zu sein vermeinten oder vorgaben. Erhobenen Hauptes schritten sie durch den Saal, grüßten nach links und rechts, blieben in kleinen Gruppen stehen und versprühten ihr Feuerwerk. In einer solchen erhabenen Versammlung von Geistesgrößen fühlten wir uns deplaciert, aber die Fülle der interessanten Vorträge (C. G. Jung, Prinzhorn, Scheler, Driesch und insbesondere Keyserling selber) war verlockend.

In Darmstadt intensiviert sich der Kontakt zu Oscar A. H. Schmitz. Sie besuchen sich nun öfter gegenseitig in Salzburg und Unken. Schmitz hat bei C. G. Jung eine Analyse gemacht. Jung rät ihm, seine Ängste und Traumata zu zeichnen, sie in Bilder umzusetzen. Schmitz zeigt Emmy Haesele einige Blätter, die die Darstellungen mit wachsendem Interesse betrachtet. Dann sagt sie: Das kann ich auch. Und er: Dann tun Sie es doch! Und sie tut es. Zeichnet *als heimliches Laster* ihre ersten Bilder. Unbeholfen, aber sie selbst. Zeichnet mit wachsender Intensität. Träume und Alpträume und ihr umrißloses Suchen lösen sich in den Bildern. Lösen, auflösen, einlösen, loswerden. Es ist das Fremdsein, das auf weißen Blättern Gestalt gewinnt.

Das war um 1930/31. Schmitz schlägt vor, die Zeichnungen nach Zwickledt zu schicken, um sie dem Mann seiner Schwester Hedwig zu zeigen, Alfred Kubin.

6

In weitem Bogen geht sie um das grüngraue Haus mit dem hölzernen Türmchen.

Die Hügel hinauf, die Hügel hinunter.

Den Waldrand entlang, durch die Gräben.

So viel Erinnerung.

Schaut hinüber, auf die andere Seite.

Wandert achtsam, meidet die Straßen.

Unter der großen Eiche bleibt sie stehen.

Setzt sich nieder, lehnt sich an die schrundige Rinde.

Zieht den Feldstecher aus dem Leder.

Cilli, die Haushälterin, schafft im Garten.

Im Arbeitszimmer sieht sie einen sich bewegenden Schatten.

Einmal wird ein Fensterflügel geöffnet, dann wieder geschlossen.

Auf dem Fenstersims sitzt kein schwarzer Rabe.

Eine Liebe so mit Füßen zu treten.

Du Irrweg meines Suchens

7

Auf einem Mühlviertler Dachboden stehen Schachteln und Kisten, voll mit hand- und maschinschriftlichen Aufzeichnungen, Erzählungen, Briefen, Notaten, Kalendern und hunderten kleinformatigen Schwarz-Weiß-Fotografien. In einem Münchner Archiv sind in einem eigenen Raum hunderte Briefe und Dokumente in Paketen und Laden,

Fächern und Regalen wohlgeordnet und sorgfältig katalogisiert aufbewahrt. Ein ganzes Leben in Worten und Bildern. Es läßt sich mit Scheu vor fremder Intimität darin blättern, lesen, mitgehen durch Jahre und Jahrzehnte, durch das Hell-Dunkel eines Schicksals. Es ist ein Tasten, mehr kann es nicht sein.

Eine junge Familie in einem Bergdorf.

In Unken ist viel zu tun.

Die Küche, der Garten, die Gäste, die Tiere. Die Praxis floriert, die Ordinationsstunden müssen erweitert werden. Nur Freitag ist frei, nicht Sonntag. Da kommen die Bauern von weither zur Kirche, da können sie gleich auch dort hingehen, wo dem Körper geholfen wird. Hans Haesele hat viele neue Ideen, medizinische und psychologische, veranstaltet Kurse in allen vier Saalachgemeinden, sorgt für Aufklärung und für die Verbesserung der oft katastrophalen sanitären Verhältnisse.

Emmy sorgt für Haus und Kinder. Sie hat eine Köchin oder ein Dienstmädel, scheut jedoch selbst keine Arbeit, kocht, näht, gärtnert, alles, was sie tut und womit sie sich umgibt, hat Stil, sie hat Schönes und Wertvolles aus Wiens Bürgermilieu mitgebracht, Tafelsilber und Biedermeierliches, der Garten ist ein Schmuckstück, die Bücher und Salzburg-Fahrten öffnen den Blick über das Tal hinaus, später entdeckt sie im Zeichnen ein neues Terrain, auf dem sie sich versucht, über das sie flanieren kann. Oder ist es schon mehr?

Auf den Fotografien dieser zehn, zwölf Jahre sieht man Mann und Frau und Kinder in den Bergen. Gipfelkreuz und Almhütte, Rucksack und Rast, sommerliche Heiterkeit und winterliche Skitouren in verzauberten Schneewäldern. Man sieht Emmy am Saalachufer, die Kinder nackt und spielend, man sieht sie mit ihnen in einer Margaritenwiese stehen und einen riesigen Strauß pflücken, weißer Rausch für und für, heller Himmel, ungeschwärzt. Sie ist immer elegant gekleidet, mondän oder im Dirndl, sie schaut abwägend, sie lacht, sie lacht ihn an, der sie fotografiert. Und dann steht sie am Fenster eines Hotelzimmers, man sieht nur ihren Rücken, die schlanke Taille, unter ihr das Meer. Sie sind mit dem neuen Auto an die Riviera gefahren, nur sie und Hans. Nur sie beide.

Tag und Nacht und Jahr.

Die Kinder werden größer. Mesi geht in Salzburg, Heinz in Gmunden zur Mittelschule. Heinz ist grüblerisch, nachdenklich, Mesi eher praktisch und bodenständig, burschikos. Wenn sie zu Hause ist, hilft sie auf dem Feld, melkt die Kühe, lernt Ziehharmonika, ist eine der besten Stelzen-Tänzerinnen beim Dorffest. Heinz ist der Mutter ähnlich, Mesi ihr Gegenteil. Die Kinder haben viele Freunde, im Dorf kennt jeder jeden. Die Eltern sind nach wie vor gerne unterwegs. 1927 reist Emmy mit der Cousine ihres Mannes nach Paris. Sie wohnen in der Rue St. Sulpice. Ihr Haar hat sie sich tizianrot färben und mondäne Kleider schneidern lassen. St. Germain des Près und Nôtre Dame und Versailles und die Ufer der Seine, wo sie antiquarische Bücher kaufen. Sie stehen vor der Mona Lisa im Louvre, vor Rembrandts Licht und Schatten.

Seit sie um 1931 zu zeichnen begonnen hat, bekommt Kunst einen anderen Stellenwert. Das Bildungsbürger-Interesse wandelt sich zur Passion. Es ist der Beginn einer Künstlerlaufbahn, die erst sechs Jahrzehnte später in ihrer Gesamtheit dargestellt und präzise beschrieben werden wird. Es ist eine Frau, die sie zum ersten Mal würdigt: Barbara Wally, die kundige Chronistin der Salzburger Malerszene und jahrelange Leiterin der Salzburger Sommerakademie in der Nachfolge von Oskar Kokoschka und Wieland Schmied.

Emmy Haesele, so ist bei Wally nachzuschlagen, beginnt mit kleinen und mittelgroßen Formaten. Sie zeichnet mit

Buntstift und Kreide, meist in kräftigen, reinen Tönen. Ihre Themen sind vielfach der Bildwelt aus der Kindheit entnommen, Unterwasserwesen, Amphibien, wandernde Fischzüge zwischen hohen Mauern, undinenhafte Frauengestalten in Blaugrün. Sie entwirft Feuersbrünste in Rotbraun, Schlangen als Sinnbild von Bedrohung und Verführung, das Geschehen ist symbolbeladen und verweist auf die Traumdeutungen C. G. Jungs. Bilder von unterschwelliger Dramatik. Die Arbeit fällt ihr nicht leicht. Aber sie merkt schnell, daß, wenn sie die *richtige lebendige innere Vorstellung* hat, sich das Bild zauberhaft von selber formt. Sie ist damit der „automatischen Handschrift" der Surrealisten nahe, die die rationale Bildgestaltung auszuschalten suchen und bei denen sich der schöpferische Prozeß aus dem Vor- und Unbewußten entfaltet. Das Erlebnis des Zeichnens ist für Emmy Haesele zunächst *ein Schock, ein Rausch, eine Empfängnis.*

Hans Haesele fördert die Ambitionen seiner Frau, versteht ihr Suchen nach eigenem Ausdruck und unterstützt es durch Anerkennung. Nach dem überraschenden Tod von Oskar A. H. Schmitz im Dezember 1931 nehmen sich die Haeseles der Witwe Emeline an. Über deren Vermittlung wird der Kontakt zu Alfred Kubin erneut aufgenommen.

Im Doktorhaus brennt lange Licht.

Könnte man einen Blick in das Wohnzimmer werfen, das zur Terrasse hinausführt und dessen Fenster offen dem Tal zugewandt sind, würde man Hans am Klavier sehen, in rauschhaften Improvisationen spielt er Richard Wagner.

Hört sie zu?

Oder ist sie bei sich und auf der Suche nach dem, was sie sucht?

Nach der Aufgabe, die auf sie wartet?

Denn das fühlt sie: daß etwas auf sie wartet.

Dann sieht man beide lesen.

Reden, lange und einander zugewandt.
Reden sie über das Lebendig-Elastische, bevor sie schlafen gehen?
Nachts hört man das Schnauben der Rinder auf der Weide.
Ein Käuzchen schreit, ein anderes antwortet.
Der Mond steht über dem Achberg, taucht das Schlafzimmer in Dämmer.
Er sieht sie gerne, wenn er über ihr ist.
Sieht ihr Haar, den Mund, den er liebt.

Sie geht ins Bad. Da sieht sie sich doppelt, wie damals in Mödling als Kind auf dem Arm der Amme. Sie sieht ihr eigenes Gesicht und zugleich eine Frau, die in ihrem Rükken am Türrahmen lehnt und ihr über die Schulter schaut, und das ist ebenfalls sie selbst. Sie lacht. Sie kennt das jetzt schon. Sie hat es bei E. T. A. Hoffmann gelesen und beim Spiegelmythos von Schmitz. Mit kaltem Wasser wäscht sie ihre Augen, schlägt sich auf die Wangen. Sie will abrücken von sich. Das Zucken nicht sehen, das Zehren, das sie nicht benennen kann.

Die Saalach fließt.
Der Maibaum glänzt.
Jeden Freitag stirbt Christus um drei.

8

Die Tage werden lauter.
Die jungen Burschen rotten sich zusammen, sie lachen und singen und marschieren. Der Unkener Turnverein hat Zulauf, der Alpenverein feiert in den Berghütten, die Feuerwehrmusik probt ihre Märsche. Im Kameradschaftsbund wird konspiriert. In den Dorfwirtshäusern ist Tumult. Die Stuben sind voll Rauch, die Männer sitzen stumm da oder

schreien sich an, die einen schütteln den Kopf, die anderen hauen auf den Tisch. So kann es nicht weitergehen.

Die Not. So viel Armut. Viele Höfe sind verschuldet, manche werden zwangsversteigert. Die Rösser sind schon vor Jahren für den Krieg requiriert worden, für neue war kein Geld da, das Schlachtvieh braucht man selbst, um zu überleben, und wollte man es verkaufen, gibt es keinen Absatz. Oder ein jüdischer Viehhändler kommt, sagen die Bauern, und drückt den Preis in den Arsch. Da lieber über die Grenze schmuggeln, als Lebendvieh. Denn draußen, da ist wieder Kaufkraft. Denn draußen, da wird gebaut, Straßen und Autobahnen, die Alpenstraße nach Berchtesgaden und die ganze Bunkerei auf dem Obersalzberg. Hitlers „Berghof" ist da und Görings und Bormanns Landvillen, bis hinauf auf den Göll wird gebaut, zum Teehaus, da soll es einen goldenen Lift geben. Das ist alles nicht weit weg. Der eine oder andere hat tatsächlich Arbeit gefunden. Und kommt bald darauf mit einem Motorrad nach Haus, eine Lederkappe auf dem Kopf und erzählt, wie's aufwärts geht, draußen. Die Hoffnung: die ist draußen im Reich. Die Grenze ist gleich drüben, gleich droben. Die Einheimischen kennen die verborgenen Stege und Schleichwege, die Höhlen und guten Verstecke. Da läßt sich gut Propagandamaterial lagern, auch Papierböller, Sprengkapseln und Stielhandgranaten. Gleichgesinnte überall, im ganzen Pinzgauer Grenzraum sind Parteigenossen, wir kennen uns aus im Steinernen Meer, in den Bergen rund um Saalfelden, Lofer und Unken.

Heinzi hört zu. Er bekommt leuchtende Augen. Mesi hört auf den Bruder. Sie hören von HJ und BDM. Man sieht sie mit Freunden auf der Lehne einer Bank sitzen, den Arm zum Hitlergruß erhoben. Sie tun mit, sie sind dabei. Gemeinsam und miteinander und Teil sein von allen und von singender Zukunft. Die Sonnwendfeiern werden zum großen Fest. Die Jugend springt übers Feuer, und mit jedem Jauchzen wächst der Mut und der Übermut. Heil! Die Hakenkreuzfahnen schlagen im Wind. Sie wollen ein Volk sein und Blut und Boden und Heimat und ein Reich, ein Führer.

1933 verleiht Unken Adolf Hitler die Ehrenbürgerschaft. Nach Kriegsende wird sich die Gemeindevertretung in ihrer ersten Sitzung weigern, sie ihm abzuerkennen.

Dr. Hans Haesele kommt weitum. Er sieht die zunehmende Verarmung auf den Höfen, Hunger und Kälte in den Katen der Kleinhäusler. Die Leute sind verzweifelt, sie wollen Rat. Er versucht zu helfen. Vergleicht die Wirtschaftslage dies- und jenseits der Grenze. Durch die Tausend-Mark-Sperre ist zudem der Tourismus, der für viele einen Notgroschen bedeutete, über Nacht zum Erliegen gekommen. Die Fahrten nach Salzburg über das „Deutsche Eck“ werden mühsamer. Der Straßenbau ins Heutal bringt vorübergehend Arbeit für Bauern und Knechte, nach Bauende lungern im Dorf wieder die Arbeitslosen. Auch die Großglocknerstraße ist 1935 fertig, Haesele ist bei der Einweihung als diensthabender Arzt eingeteilt, Mesi begleitet ihn. Er sieht die Angst in den Gesichtern der Männer, die wieder keine Arbeit haben. Die Unruhe in der Bevölkerung wächst, es kommt zu Raufereien, es gibt Verletzte, der Doktor näht und verbindet. Das Elend treibt viele zum Wildern. Einer kommt nicht mehr nach Haus, nach Tagen setzt Haesele eine große Suchaktion an, man findet den Mann nur noch tot, erschossen.

Der Doktor kommt weitum. Das Motorrad, einst Notbehelf, sehen die Leute jetzt als Statussymbol für die neue Zeit. Man weiß inzwischen, daß er „dafür“ ist. Einer von denen ist, die feurig versprechen und selbst daran glauben. Als die NSDAP im Juni 1933 verboten wird, wird er Illegaler. Sohn Heinz, gerade sechzehn, siebzehn Jahre alt, ebenfalls.

Und Emmy Haesele? Teilt sie den Aufbruch, die sozialen und politischen Utopien? Spürt sie den brutalen, den tödlichen Hintergrund? Kann sie sich wehren gegen die Argumente ihres Mannes, den bedingungslosen Rausch des Sohnes? Näht sie Fahnen, liest sie „Mein Kampf“, stimmt sie ein in den Chor des Völkischen, Heldischen, Rassischen?

Extreme haben sie immer schon angezogen. Sie hat daraus ihre eigene Philosophie gemacht und ihre Individualität gestärkt in der Anstrengung, die Gegensätze zu erkennen und sie in ein Gleichgewicht zu bringen. Wäre der Nationalsozialismus nur Politik gewesen, sie hätte ihn leichten Herzens ignoriert. Sie hat sich noch nie für historische Veränderungen interessiert. Was sie bewegt, sind innere Vorgänge, Selbstanalyse, Selbsterkenntnis und Selbstverwirklichung. Alles latent Romantische hingegen zieht sie an: das Zügellose, der schöpferische Wille und die Macht der Einbildungskraft. Vielleicht erliegt sie auch der Verführung der Bilder, der Trommeln und Trompeten.

Aber im Grunde ziehen die Ereignisse an ihr vorüber, als ob sie für andere gemacht wären. Es sind die Jahre, die alles verändern. In denen sie eine Königin wird und dann eine leere Larve, die der Wind über die Wege treibt.

Die Saalach fließt.

Im August fällt Schnee.

Wenn im Advent das Schwein geschlachtet wird, gibt es Blutwurst.

9

Der Kalender zeigt April 1932.

Da kommt ein Brief aus Zwickledt.

Er ist von Hedwig Kubin: *Ihre schöne Zeichnung, durch Schmitz geschickt, hier zurück. ... bin ganz überrascht über die Fortschritte, die Sie gemacht haben. Mein Mann läßt Ihnen sagen, dass er mehr von Ihren Arbeiten sehen möchte, wenn es Ihnen also der Mühe wert ist, ihm eine Auswahl zu schikken, will er Ihnen gerne selbst darüber schreiben.*

Emmy Haesele schickt neue Bilder.

Die Tage haben Glanz.

Ihre Hände sind fahrig.

Kurze Zeit später kommt wieder ein Brief Hedwigs, die die organisatorische Post ihres Mannes erledigt und ihm den Rücken für Wesentlicheres freihält.

Ihr lieber Besuch wäre am 20. Mai ganz recht.

Emmy und Hans Haesele und Emeline Schmitz machen sich auf den Weg Richtung Schärding. Hans fährt schnell. Hinter ihnen wirbelt der Staub der Straßen auf.

Alfred Kubins Kunst ist dem Ehepaar geläufig. Er ist längst berühmt, 55 Jahre alt, hochgeachtet, wird der „Magier von Zwickledt" genannt und ist durch den apokalyptischen Roman „Die andere Seite" von 1909 auch als Schriftsteller anerkannt. Seine düsteren Zeichnungen, Lithographien und Illustrationen sind als makabre Visionen des Untergangs beschrieben, als geheimnisvolle Düsternisse, erotische Obsessionen und verführerische Todesbilder, er gilt als Künstler der Zeitenwende, hellsichtig, phantastisch und zwiespältig. Emmy und Hans haben die verschiedenen Fassungen von Kubins Selbstbiographie gelesen und sie als Brevier verstanden, nicht als variables Spielmaterial. Sie kennen die Eckdaten seines Lebens: daß er 1877 in Leitmeritz in Böhmen geboren wurde, in Salzburg und Zell am See aufwuchs, früh seine Mutter verlor, zwei Stiefmütter bekam, zum Vater ein äußerst gespanntes Verhältnis hatte, als Elfjähriger von einer Schwangeren in Sexuelles verwickelt wurde, was ein Trauma für sein Leben blieb, er in Klagenfurt eine Fotolehre versuchte und abbrach, einen Selbstmordversuch unternahm, freiwillig zum Militär ging, einen Nervenzusammenbruch erlitt, von dem er sich nur langsam erholte. Daß er 1898 nach München ging, mit dem Zeichnen begann und in die legendären Künstlerkreise in Schwabing um Stefan George, Karl Wolfskehl, Ludwig Klages, Alfred Schuler, Oscar A. H. Schmitz und Franziska von Reventlov geriet, in orgiastische Feste, Rauschgift, Freudenhäuser, Intrigen und große Weltentwürfe. Daß er mit Paul Klee, Wassily Kandinsky, Alexej Jawlensky und Franz Marc verkehrte und Jahre später der Künstlervereinigung des „Blauen Reiter" beitrat. Daß er nach dem frühen Tod seiner Braut Emmy Bayer, an dem er sich mitschuldig fühlte, neuerlich eine tiefe Sinn- und Schaffenskrise erlebte, aus der ihn Hedwig Gründler befreite, eine warmherzige, kluge und nicht unbemittelte Dame der Münchner Gesellschaft. Sie war Witwe, ihr Mann war an Syphilis gestorben. Sie erkannte das Talent des jungen Mannes, löste ihn von der Boheme, heiratete ihn und kaufte 1906 das Schlößchen Zwickledt in der Einsamkeit der oberösterreichischen Hügellandschaft zwischen Donau und Inn, südlich von Passau und nahe bei Schärding. Es war ehemals ein mittelalterlicher Freisitz, dem zehn Bauerhöfe untertan waren, im 16. Jahrhundert erhielt das Haus seine jetzige Gestalt mit dem typischen Glockentürmchen. Der Weiler gehört zum Gemeindegebiet Wernstein am Inn, wo auch die Bahnstation liegt. Seit 26 Jahren leben die Kubins hier, abgeschieden von der Welt, aber durch tausende Briefe und viele Besuche mit ihr verbunden.

Emeline Schmitz weist ihnen den Weg.

Hedwig empfängt sie mit großer Herzlichkeit. Im kleinen Salon gibt es Tee. Alfred Kubin zeigt den Besuchern seine jüngsten Zeichnungen. Er breitet sie auf seinem Schreibtisch aus, erklärt, deutet, zieht neue Blätter aus den Fächern der hohen Wandschränke.

Emmy Haesele sieht die Figuren, Fratzen, Landschaften und dramatischen Szenen zum ersten Mal im Original, sieht die Strichführung, den Lichteinfall, die Komposition, sie kann nicht alles behalten, es prägt sich ihr als Gesamtheit jedoch ein für immer. Kubin redet lebhaft und offen über seine Kunst, läßt teilhaben und möchte teilhaben an den Werken, die ihm gezeigt werden, aufmerksam geht er auf sie ein, kritisiert, verbessert, schlägt vor, lobt. Das hat sein Haus zur Pilgerstätte vieler Künstler werden lassen, die sich von ihm ernst genommen fühlen und bereichert und begeistert Zwickledt verlassen.

Auch Emmy Haesele hat eigene Blätter mitgebracht. Der „Meister" zeigt sich beeindruckt. Mehr als das: überrascht. Denn eine Zeichnung weist eine rätselhafte Parallele zu seinem Frühwerk „Das Maul" auf, in dem einige Gestalten einem riesigen Mund entsteigen. Bei Haesele treten ein Mann und eine Frau – sind es Adam und Eva? – aus den leeren Augenhöhlen eines in die Erde eingebetteten, maskenhaften Gesichtes und recken ihre Hände einer fernen weiblichen, lichtumstrahlten Himmelsgestalt zu.

Der Besuch dauert nur einige Stunden.

Es gibt eine Fotografie davon.

Was zu sehen ist, will man glauben.

Ein lichtdurchfluteter Garten. Kubin und Emmy Haesele sitzen nahe beisammen an einem gedeckten Tisch. Er hat sein obligates schwarzes Samtkäppchen auf dem Kopf und trägt ein kariertes Sakko, der konzentrierte Blick geht schräg aus dem Bild. Emmy schaut in die Kamera. Eine sehr hübsche Frau. Dunkel das Haar, in leichte Wellen gelegt. Um den Hals trägt sie eine Perlenkette, das Kleid hat ornamentales Muster, ein schwarzes Jäckchen lose offen darüber. Ihre linke Hand auf der Lehne des Korbsessels ist leicht verkrampft. Ihr Lächeln: scheu, selbstbewußt, abwartend?

Was nicht zu sehen ist: ist stärker.

Es war nur ein Besuch. Das folgende Jahr jedoch ist von ihm bestimmt. Emmy Haesele fühlt sich in ihrem Zeichnen ermutigt, beflügelt sogar. Sie feilt an ihrer Technik. Bannt Träume, Gesichte und Ängste ihres ganzen Lebens auf Papier. Sie sucht den Kontakt zu Kubin brieflich zu intensivieren. *Lieber verehrter Herr Kubin! Sehr verehrter u. lieber Herr Kubin! ... Überhaupt habe ich manchmal sehr das Bedürfnis mich – nicht mit Ihnen auseinanderzusetzen, sondern viel eher zu „verständigen"*. Die Briefe offenbaren die geistige Intensität der Anziehungskraft und bereits einen verräterischen Unterton. Sie schicken sich gegenseitig Zeichnungen, Emmy geht detailliert darauf ein.

Vielleicht würde mancher Psychoanalytiker sagen: das ist nichts als Projektion von meiner Seite – ja aber man kann eben nicht auf jeden Menschen projizieren u. der geheimnisvolle lebendige Vorgang ist erst recht nicht inbegriffen in dem Wort. Überhaupt hege ich ein gewisses Mißtrauen gegen Worte u. Begriffe, weil sie geeignet sind, das Lebendige, das hinter dem Wort steht – zu töten – wahrscheinlich ist das eine „Abnutzungserscheinung" – Bspl. „Teufel", „Krieg" – ... das ist auch der Grund, warum man Ihre Bilder nie „literarisch" nennen kann, weil eben die ganze Dynamik zum Ausdruck kommt ... Ich habe die „Braut von Corinth" gelesen und mußte unwillkürlich daran denken, daß Sie der Tod Ihrer eigenen Braut so schwer getroffen hatte – irgendwie sind unsere Schicksale in uns vorgezeichnet – was mir innerlich nicht möglich ist zu erleben, das kann ich außen gar nicht erleben, was nicht ausschließt, daß der eine oder andere von seinem Schicksal überwältigt werden kann. Sie schreiben, daß Sie nun allein sind u. das Einsiedlertum so stark verspüren – ist es ein Hinwegtäuschen über die Tatsache der letzten, furchtbaren Einsamkeit, wenn man manchmal das beglückende Bewußtsein des „Einsseins" mit Gott und Kosmos hat? Die Gegensätze sind uns eingeboren.

Emmy Haesele ist eine anspruchsvolle, einfühlsame Briefpartnerin, die in vielen Seiten die Fortsetzung des Gespräches sucht. Sie wirft philosophische Fragen auf und kann ihr Wissen und ihren weiten Bildungshorizont zeigen. Sie spricht die Thematik von Selbstmord an und setzt sie nach dem Polaritätsprinzip, das sie von Keyserling und Schmitz her kennt, in Beziehung: Dem Lebenstrieb steht der Todestrieb gegenüber. Todessehnsucht der Décadence, die beiden vertraut war aus den Jahren in Wien und München.

Haesele beschreibt die Schwierigkeiten bei der Ausführung ihrer Zeichnungen, die sich einem vorgefaßten Konzept widersetzen, sich später aber unbewußt und vollkommen anders, als ursprünglich intendiert, auf dem Papier von selbst entwickeln und sie nur mehr die Linien nachzuzeichnen braucht. *Sie haben mit Bildern mehr Erfahrung als ich. Mir kommt es manchmal so vor, als würden die „Bilder“ (das Wort ungefähr in dem Sinne verstanden wie die „Mutter“ im Faust) als konkrete Wirklichkeit im Kosmos existieren u. nur ein Medium suchen, durch welches sie sich realisieren können.*

Am 30. Jänner 1933 wird Adolf Hitler zum Reichskanzler ernannt. Hans Haesele verfolgt die Reden im Radio, er feiert mit den Kindern das Ereignis als Sieg. Auch Emmy stößt an. Aber sie triftet bereits an den Inn, nach Wernstein und Zwickledt.

Die Begegnung mit Kubin und die Zeichnungen, die er ihr gezeigt hat, *zittern* in ihr nach. Sie schreibt anspielungsreiche Briefe und scheut sich nicht, ihre Privatsphäre bloßzustellen. Am 10. April 1933 gratuliert sie Alfred Kubin zum Geburtstag:

... hier stockt leider die Feder u. ich weiß auch warum – weil sie sich sträubt zuzugeben, daß ich mich selber in den Kreis von Gedanken, den ich um Sie ziehe, mit hineinstelle. Es ist aber wirklich so, u. ich würde es auf das tiefste bedauern, wenn

sich in der günstigen Konstellation, in der Sie zu mir stehen, etwas ändern würde. ... ich (werde) Ihnen in den nächsten Tagen meine „Animus" Gedichte schicken, die Sie zum Teil ja schon unter dem Titel „Herakles" kennen. Ich habe sie im Jänner fertig geschrieben und sie bedeuten in der Tat meine innere Loslösung von dem Mann, auf den ich seit 20 Jahren dieses Animusbild projiziert habe.

Sie ist eine gelehrige Schülerin C. G. Jungs. Die Gedichte sind nicht erhalten. In ihr Zeichnen aber, das sie mit zunehmendem Ernst betreibt, läßt sie die Deutungen des weiblichen und männlichen Teils der Seele, die sich nach Vereinigung sehnt, einfließen.

Der „Magier von Zwickledt" versteht sofort die Zeichen. Er antwortet in seitenlangen Briefen. Seine Schrift ist großzügig, schwer zu lesen, mit zahlreichen Unterstreichungen versehen und verrät die jagenden Gedanken. Er ist einer der großen Briefeschreiber der Zeit, anregend, ausufernd und selbstbezogen. Alle zwei, drei Tage geht er, mit einem Rucksack voll mit dicken Kuverts beladen, hinunter nach Wernstein zur Post und kommt mit einem vollen Rucksack wieder zurück. Briefe sind sein Anschluß an die Welt.

Er schickt Zeichnungen und streift in seinen Antworten Emmy Haeseles angesprochene Themen. Ihr schwieriges Verhältnis zu den Menschen, ihren doppelten Blick auf Bild und Abbild und ihr Empfinden der Fremdheit, das sie ihm gezielt mitteilt, kennt er aus eigenem Erleben. Schon am 27. Juli 1932 läßt er auch sie an Überlegungen teilnehmen, die zum Standard seiner Briefwechsel mit Hans Carossa, Ernst Jünger, Fritz von Herzmanowsky-Orlando, Salomo Friedländer oder Hermann Hesse gehören:

Das „Ich" scheint mir eine menschlich verengte Trübung des „Selbst", welch letzteres sich ja noch im entferntesten Objekt mitbegreift – d. h. also zum Selbst gehört alles, was sich see-

lenhaft erlebt – auch das scheinbar Fremdeste – das Ich hingegen formt sein „Du", den ewig anderen und solange der ist, ist kein „Selbst" – wo „Ich" gedämpft wurde, wo man ichverloren ist, da fing halt erst dies Wunderbare an, nachdem man sich sooft sehnt, wenn man dafür schon gewürdigt wurde.

Die nächtelangen Schwabinger Diskussionen der Kosmiker, Philosophen, Dichter und Seelendeuter waren in Kubin auch nach dreißig Jahren noch lebendig. Nachhaltig beeinflußt ist er vor allem vom Werk Salomo Friedländers, der sich das klingende Pseudonym Mynona gab, und der einer der wichtigsten Gesprächs- und Briefpartner Kubins bis in die bitteren Jahre von Friedländers Pariser Exil werden sollte. Mynonas Schriften kennt Emmy Haesele nicht aus eigener Lektüre, Oskar A. H. Schmitz mag sie wohl erwähnt haben, aber die Kubin'schen Spekulationen sprechen sie sofort an, und sie nimmt sie auf wie alles, was nicht real ist.

Aus dem Wohnzimmer im Unkener Doktorhaus hört man abends wieder Musik. Hans Haesele spielt Beethovens Frühlingssonate, Opus 24. Er spielt den Klavierpart, Emmy fällt nur von Zeit zu Zeit mit der Violine ein, sie ist aus der Übung gekommen. Aber eine große Unruhe erfaßt sie am Ende des ersten Satzes, der etwas Drängendes, Erwartendes hat. Sie findet nicht die harmonische Heiterkeit in der Melodie wie sonst. Sie hört Dissonanzen.

Sie tut ihr Tagewerk. Das Haus riecht nach Medikamenten. Hans wird zu Kranken und Wöchnerinnen gerufen, er hört Radio, geht zu Versammlungen, baut an einer Zukunft. Die Fahrten nach Salzburg und die Besuche in kulturellen Zirkeln werden weniger. Wenn die Kinder nach Hause kommen, sind sie mit Freunden unterwegs, weiße Stutzen, weißes Hemd, weiße Bluse. Emmy zeichnet und schreibt Briefe.

Die Saalach fließt.

Die Berge haben sieben Gesichter.

Im Waschhäusl brennt das Feuer im Kessel.

10

Der Monat August ist Alfred Kubins Ferienzeit.

Bayerischer Wald, Böhmerwald. Immer wieder Wald, Waldgänge, Waldgeheimnisse, es ist seine Welt. Große Reisen macht er schon lange nicht mehr, sie sind ihm zu mühsam, er fühlt sich alt. Kein Italien, nicht Wien oder Prag oder Paris, München nur, wenn es sein muß. Es ist ihm zu laut geworden, zu sehr von Umtrieben erfüllt. *Glaubst Du*, schreibt er 1933 an Herzmanowsky-Orlando, *werden die Nazi das alte Fragment Österreich auch bald schlucken und alles „gleichschalten" ich als völlig unpolitischer Kopf habe keine Ahnung, meine nur für den Rest unserer Tage gibt es keine Ruhe mehr*. Auch haben sich Kubins Einkünfte verringert, die Devisen aus dem Deutschen Reich kann er nicht nach Österreich transferieren.

1933.

In diesem Sommer sehen die Unkener mit Neugierde und Verwunderung Emmy Haesele in ungebührlicher Nähe mit einem Mann am Ufer der Saalach und über die Höhenwege Richtung Heutal gehen. Es ist nicht „ihr" Doktor. Dieser Mann ist viel zarter als er und fast kleiner als sie. Wenn die Gewitterregen kommen, trägt er eine dunkle Pelerine, Wetterfleck sagen sie hier. Vom Achberg stürzen die Bäche.

Auf Einladung von Emmy und Hans Haesele sind Hedwig und Alfred Kubin diesmal zur Sommerfrische in Unken. Sie kommen Anfang August und wohnen im Gasthof Post, der in unmittelbarer Nähe des Doktorhauses liegt. Sie beziehen das Zimmer Nr. 6.

Man versteht sich gut zu viert. Geht wandern, genießt den Garten in seiner Blütenfülle zwischen Eisenhut und Levkojen, die abendlichen Gespräche gehen über Mitternacht hinaus. Hans improvisiert am Klavier, auch Hedwig spielt mit Zurückhaltung. Sie ist eine kluge Frau, hat Kenntnisse in Italienisch und Französisch und hat einen Roman von Gérard de Nerval aus dem Französischen ins Deutsche übersetzt: „Aurelia oder Der Traum und das Leben". Auf Fotografien wirkt sie mitunter so, als ob sie die Mutter Kubins wäre, sein körperlich etwas aus den Fugen geratener Spielkamerad oder sein gestrenger Feldwebel. Für die großen gesundheitlichen Probleme Hedwigs – sie leidet an einer chronischen Trigeminusentzündung, die äußerst schmerzhaft ist und mit Morphium behandelt wird – ist Hans Haesele ein vertrauenerweckender Ratgeber. Sie erzählt von ihrer jahrzehntelangen Odyssee durch Krankenhäuser, Operationen, Entziehungskuren und Sanatoriumsaufenthalte.

Sie fahren nach Zell am See, wo Kubin seine Kindheitsjahre verlebte. Der Friedhof, wo seine geliebte Mutter begraben lag und wo er als Jugendlicher Selbstmord begehen wollte, ist von einem Tonkinopalast und einem Kinderspielplatz überbaut, der Ort ist ihm ein *widerlicher Fremdenbazar* geworden, wie er an den Salzburger Künstler Anton Steinhart schreibt. *Ich könnte speien auf alles.* In Maishofen besuchen sie das Grab von Anton Faistauer. Emmy fotografiert Kubin bei den Spaziergängen oder bei der Arbeit. Sie sind viel zu zweit und zärtlich unterwegs. Sie tun sich „keinen Zwang an", erzählen die Nachbarn. Hans ist in der Praxis, Hedwig ist nicht gut zu Fuß. Die Sympathien schließen alle ein, es entsteht Freundschaft.

Alles könnte gut sein.

Aber die Liebe.

Aus Briefen und dem „Manuskript" ist das Datum bekannt: es ist der 19. August 1933. Alfred Kubin und

Emmy Haesele, beide verheiratet, gestehen einander, was sie eigentlich nicht dürften: daß sie sich lieben. Das Zimmer Nr. 6 kommt vor und *unser Weg am Achberg* und die Macht des Schicksals.

Du, der Verheißene
Du, meine astrale Eva
Du Spiegel meiner Seele
Du Spiegel meiner Seele

Es ist mehr als Leidenschaft, als eine Amour fou. Für Emmy Haesele ist es die Erfüllung des ewig Gesuchten, die Überwindung der Entfremdung von Mitmenschen, Umwelt und sich selbst, das Einswerdens mit dem All.

Ich fand Dich überall: der steinige Weg warst Du, der Regen, der mein Gesicht näßte, der herbstliche Wald, in dem die Nebel kochen u. mich einhüllten, ich legte mich in das nasse Gras, um mein Gesicht darin zu kühlen u. Dein Atem kam mir aus der regenfeuchten Erde entgegen – immer lauter jubelte mein Herz: Du Erfüllung meines Lebens!

Sie sehen mit gleichen Augen. Sind auf das Unsichtbare fixiert. Beide empfinden diese Liebe wie die Verschmelzung zweier Gestirne, die nach Lichtjahren des Umherirrens im Weltenall endlich zueinandergefunden haben. Sie erleben sich als vollkommene Ergänzung und als Wunder der tiefsten Übereinstimmung. Kubin findet die Worte dafür: *Zwillings-Urweib, Zwillings-Urmann.*

Eine der schönsten, eine der traurigsten und ergreifendsten Liebesgeschichten des an Künstler-Amouren reichen 20. Jahrhunderts. Bis Februar 1936 läuft ein Geschehen ab, das voll von Dramatik, Glück, Schmerz und Heroismus ist und das nicht zu Ende ist, wenn es zu Ende ist.

Die Rollen sind verteilt.

Für Alfred Kubin ist es nicht die erste Liaison außerhalb seiner Ehe. Fast alle seine Zeichnungen offenbaren die Macht von Erotik und Sexualität in animalischer Triebhaftigkeit, Abscheu, Anziehung, Verführung und in apokalyptischen Szenerien. Seine Triebbestimmtheit ist ihm zugleich Lust und Last. In seinem Tagebuch notiert er am 11. November 1928: *Ihr könnt es allen sagen: diese Scheissweiber, Scheissweiber, Scheissweiber.* Aber er weiß – und in seinem Essay „Das Schaffen aus dem Unbewußten" von 1933 hält er es fest –, daß sich die sexuellen und künstlerischen Kräfte aus derselben Quelle speisen. Darum sucht er die Erregung immer von neuem als Movens gegen den Stillstand. Todes-Obsessionen beherrschen Kubins Weltbild und seine Kunst. Der Tod ist antiker Charon und galanter Verführer, er mäht die Menschen, er holt den Zeichner. Ein „Totentanz" ist das Leben. Kubin braucht die Liebe als Schrei gegen die Vergänglichkeit.

Er hatte viele Geliebte. Sie kommen und gehen. Hedwig weiß es, sieht und toleriert es, weil sie ihn liebt und ihr gemeinsames Leben auch andere Formen von Vertrautheit und Verstehen kennt. Sie toleriert es selbst dann, wenn die Geliebte die eigene Schwester, Tilly Spier, ist, oder die Frau ihres eben verstorbenen Bruders, Emeline Schmitz. Sie sublimiert ihre Kränkung in der Überzeugung, daß er für seine Kunst die Abwechslung brauche. Sie stellt ihr Leben zurück. Manche meinen – sie sagt es mitunter selbst –, sie hätte sich für ihn geopfert. Es heißt, daß sie in Schaffenskrisen ihres Mannes ihm die Liebschaften sogar vermittelt hätte.

Der Volksmund hat seine eigenen Worte: Er sei ein „Weiberer" gewesen.

Die Mägde habe er nach Passau zur Abtreibung geschickt.

Er sei mit dem Teufel im Bunde.

Emmy Haesele jedoch ist selbst für ihn etwas anderes.

Du fleischgewordener Engel!
Niemand sagte mir das Intimste meiner
stillsten Nacht-Gedanken als Du

Obwohl erst 56 Jahre alt, ist Kubin schon seit langem von tiefgehender Altersangst gequält, als er Emmy begegnet. Er lebt in Panik, nicht mehr arbeiten zu können. Schon 1931 hatte er in seinem Essay „Fragment eines Weltbildes" sein gedankliches und künstlerisches Testament geschrieben. Alle seine Briefe an Jünger, Hesse, Herzmanowsky-Orlando oder Friedländer aus dieser Zeit sind ein Brevier von Klagen über nachlassende körperliche und schöpferische Kräfte. Aber schon vier Tage nach dem Geständnis der Liebe zu Emmy, die siebzehn Jahre jünger ist als er, schreibt er am 23. August 1933 aus dem Gasthof Post in Unken an Hermann Hesse, daß er eine Nierenkolik überstanden habe und der Gemütsdruck von ihm gewichen sei, ... *so daß ich zuversichtlicher ins Künftige (wenigstens privat) eben schaue und Gutes vermute*. Die Begegnung mit Emmy Haesele gibt ihm neue Jugend, Kraft, Schöpferlust. Es entsteht eine solche Spannung in ihm, berichtet er einige Monate später, die sich *als Stoß, oder Schwung, in die Arbeit positiv entlud.* Er findet zu einer größeren Freiheit des malerischen Ausdrucks, indem er den Tuschpinsel zu Lavierungen benützt, was den Blättern deutlichere Kraft gibt.

Im August 1934 schreibt er rückblickend an Emmy Haesele:

Und als endlich meine menschliche Erstarrung mit Krankheit und Sterbenswünschen eintreten wollte, da kamst als Meisterstück wie aus der Versenkung Du und mit Dir das Geheimnis einer völlig bedingungslosen Liebe. Von dem Eis, das mich verbarg, ließest Du Dich nicht schrecken – Das Ungewöhnliche ist, daß es wirklich mein Zwillings=Urweib gibt –

die von allen Atomen selbst meiner Leiblichkeit elektrisch wie geladen ist – Du unerforschlich Substanzliche verstehst die Krone zu tragen – (bei den anderen ist's halt „ein Damenhut").

Für Emmy Haesele bedeutet die Liebe zu Kubin den Umbruch ihres gesamten Lebensentwurfes.

Sie ist die Radikalere und geht keine Kompromisse ein.

Diese Liebe ist für sie alles, und sie will alles.

Wunder aller Wunder: ... daß ich Dir begegnet bin.

Diese Begegnung will sie als emanzipierte Frau frei von allen Zwängen und Konventionen sehen, sie gibt sich ihrer elementaren Macht mit allem hin, was sie ist, fühlt und je erhofft hat. Mystische Vereinigung. Ihre Briefe wählen Worte von Meister Eckhart bis zu Versen aus dem indischen Bhagavad-Gîtâ: sich erfüllen, das Meer sein, in das alle Wasser fließen. *Wir Inkarnierten.*

Emmy Haeseles Ehe besteht fortan in der Zweckgemeinschaft und in einer tiefen gegenseitigen Achtung und Zuneigung. Die Kinder, mit dem hochempfindlichen Sensorium Jugendlicher, leiden, wollen die Veränderungen nicht hinnehmen. Mesi will sich umbringen. Die Reaktion der Mutter, so wird erzählt, sei die Aufforderung gewesen, es doch zu tun. Die Fotografien zeigen starre Gesichter, erstarrte Menschen. Stumm stehen sie da, sitzen um den Gartentisch, wo ist die Leichtigkeit, das Lachen, die Schaukel des Lebens?

Die Liebenden hingegen sehen ihre Vereinigung als vom Schicksal bestimmt an und darum jenseits aller Schuld. Kubin ist für Emmy Geliebter, künstlerischer Wegweiser, Deuter der Welt und Schlüssel zu ihrem eigenen Innersten. Er ist das *Elementarereignis,* das bestimmend bleibt bis zu ihrem letzten Atemzug, auch in allen Versuchen, sich davon zu lösen.

Zu Beginn bemühen sich alle, einander nicht zu verletzen und Ehrlichkeit zu üben. Schon wenige Tage nach dem entscheidenden August 1933 schreibt Emmy Haesele in ihrem „Manuskript", das sich in Briefform an Alfred Kubin richtet: *Hans weiß, wie's um uns steht.* Hedwig ist bereits im Oktober wieder in Unken zu Besuch, sie ist unsicher, wie sie die Entwicklung beurteilen soll, und muß erst aufgeklärt werden über das Alles oder Nichts. Emmy Haesele an Kubin:

Du glaubst nicht, wie lieb ich Hedwig in diesen Tagen gewonnen hab! Obw. wir 2 noch nichts „darüber" geredet haben, nur so drum herum. Die ganze Arbeit hat Hans auf sich genommen – auch jetzt, während ich Dir schreibe sitzt er unten auf der Post bei Hedwig und es wird sicher wieder 2 Uhr werden bis er heraufkommt ... – ach warum ist das alles so schwierig und kompliziert – man will doch niemandem wehtun und niemand etwas „wegnehmen".

Als Hedwig die Dynamik der Beziehung erkennt, versucht sie sich zunächst in Großzügigkeit. Sie räumt das Haus, wenn Emmy nach Zwickledt kommt und bemüht sich, deren kompromißlose Selbstverständlichkeit zu ertragen. Wie schwer es ihr fällt, wie sehr sie verletzt ist, zeigt sie nicht ihrem Mann, unter dessen Lieblosigkeit sie leidet, sondern Hans Haesele als Leidensgenossen, mit dem sie stundenlange Gespräche führt und dem sie zahlreiche Briefe schreibt. *Ich bin selbstverständlich sehr einverstanden, wenn Du Emmy herbringst, Du wirst nur mich nicht mehr vorfinden und kannst mich irgendwo aufklauben, was für den einen richtig ist, ist für den anderen verkehrt und umgekehrt ...*

Dennoch ist Hedwig nach wie vor um Ausgleich bemüht und bittet nach heftigen Meinungsverschiedenheiten Emmy, aneinander nicht irre zu werden und zu versuchen, *auch das, was Dir an mir fremd erscheinen mag, zu begreifen, wie ich mich auch bemühe das, was mir an Deinem Wesen fremd ist, zu bejahen. Nur auf diese Weise kann es uns gelingen, A. das zu geben, was er braucht. Du liebst ihn ja auch ehrlich und willst nicht nur nehmen sondern auch geben, und wenn wir wesensgleich wären, brauchte er uns doch nicht alle beide, das habe ich längst schon eingesehen.*

Freizügig und großzügig versucht auch Hans Haesele zu sein. Von Hedwig wird er als *unser aller Schutzgeist* bezeichnet, von Kubin als *der genialste Arzt des Jahrhunderts.* Es scheint, als ob er allein kühlen Kopf zu bewahren imstande wäre. Er tröstet Hedwig, die sich mehrmals zu ihm flüchtet, betreut den in Gesundheitsfragen hypochondrischen Alfred Kubin, holt ihn zu sich nach Unken, wenn es ihm schlecht geht, oder fährt selbst nach Zwickledt. Er schlichtet und redet allerorten, nimmt sich der Kinder und des Haushaltes an, wenn Emmy in Zwickledt ist, vermag ihrer Liebesglut nichts entgegenzusetzen, akzeptiert sie und ist – oder spielt es – der Berater für alle Beteiligten. Er wird sogar zum Verteidiger seiner Frau, agiert als Seelenarzt und deutet Ehebruch nicht als solchen, sondern die Liebe als Ausdruck der Freiheit des Menschen.

Kubin hält sich aus den bewegten Debatten heraus.

Er nimmt und genießt.

Schreibt Briefe.

Arbeitet.

Zieht sich an den Zeichentisch zurück.

Der Geniebegriff der Romantik ist immer noch lebendig.

Als junger Mann hat er sich mit Nietzsches Zarathustra verglichen.

Auch mit der Urschöpferkraft aus Arthur Schopenhauers „Die Welt als Wille und Vorstellung“.

Ein Genie darf alles.

Außer den vier Beteiligten und den Haesele-Kindern sind nur noch zwei Personen in die neuen Verhältnisse eingeweiht: Tilly Spier, Hedwigs Schwester, die als verlassene Geliebte Kubins weiß, worum es geht, und die ihre Beziehung in Freundschaft umzuwandeln wußte, was Kubin mit Erleichterung zur Kenntnis nahm. Und Dr. Kurt Otte aus Hamburg, der Archivar Kubins, der die Entwicklung aus der Distanz betrachtet und zunächst nur die Fotoserien, die Emmy Haesele von Kubin macht, kommentarlos seinem Archiv einverleibt. Otte ist von Beruf Apotheker und es gibt Gerüchte, daß er Hedwig gegen Kubin-Originale mit Morphium versorgt haben soll.

Der Öffentlichkeit gegenüber: Schweigen.

Im engen Kreis der Betroffenen: Offenheit.

Aber was läßt sich je wirklich sagen über die Liebe?

Kubin formuliert es in seinem Brief an Emmy vom 10. Oktober 1933: ... *Du weißt, das Letzte, Tiefste ist ja unergründlich, nicht aussprechbar, es ist das einzige Wunder und die Polarisation mir seine wechselseitige Bilderschrift.* Auf der Rückseite einer seiner kleinen Zeichnungen, die er den Briefen an Emmy beilegt, notiert er:

Hütet das Geheimnis.

11

Emmy Haesele ist wieder in Zwickledt.

Sie kommt im Winter und sie kommt im April, Mai und Juni.

Sie kommt im August und im November.

Sie bleibt eine Woche, vielleicht nur ein paar Tage.

Sie kommt in kurzen Abständen, manchmal liegen Monate dazwischen.

Dazwischen: das ist für beide die Zeit der seitenlangen Briefe, der Schwüre und der Sehnsucht. Eine hochdramatischen Korrespondenz, die noch nicht zur Gänze entschlüsselt ist. *Meine Kühne, Duftende – kannst Du Dir das Klopfen des Herzens vorstellen, das eintritt, wenn ein Bote die Depesche bringt: treffe am? um (wann?) ein!* Er zählt die Tage bis zu ihrer nächsten Ankunft ... *in 122 Stunden, in 500 Stunden ... ⅓ unserer Reise uns entgegen ist vorbei* ... Ein Telegramm mit guter Nachricht ist ihm wie ein elektrischer Freudenschlag. Shakespeare, Sufitexte und Dionysos werden zu Zeugen der Liebe angerufen, Mond und Sterne und Weltenall. Beide sprechen von Erschütterung, es ist von Wunder und Rätselhaftigkeit zu lesen und von Worten wie *untrennbar* und *besessen* und *identische Seligkeit.*

Du Unbeschreibliche
Du Hauch meiner Seele
Du Schönstes und mein lebendiges Traumgebilde

Ja, Du bist der im tiefsten Herzensgrunde geahnte, der mir von Anbeginn an Verheißene, auf den ich hingelebt habe, für den ich in dieses Dasein getreten bin

Sie sind allein.

Hedwig ist abgereist.

Nur die Haushälterin schafft am Herd, damit die Herrschaften warmes Wasser haben, wenn sie aufwachen. Dann geht sie in die Waschküche. Es ist noch nicht Cilli Lindinger, das Faktotum und die spätere Vertraute Kubins, die erst 1936 hier in Dienst gehen wird.

Später sind der Herr und der Besuch in der Bauernstube.

Die Haushälterin hat schon längst – um vier ist sie aufgestanden – das Holzmehl weggekehrt unter dem alten Tisch, das die Holzwürmer stetig herausarbeiten. Auf diesem Tisch, so wurde ihr erzählt, hat der Herr vor vielen Jahren in wenigen Wochen einen Roman geschrieben, der „Die andere Seite" heißt, aber lesen kann sie ihn nicht, denn sie kann nicht lesen. Sie hat mit Zinnkraut die Zinnkrüge geputzt, die auf den Konsolen der Vertäfelung stehen, und hat die Ledersessel poliert. Hat die ausgekochten, gestärkten und gebügelten Spitzendeckchen ausgebeutelt. Mit dem Gefühl des Unnützen hat sie die Klappe in der Wand geöffnet, hinter der ein Strick baumelt. Es ist der Glockenstrang, mit dem man einst die Turmglocke läuten konnte, zum Mittag, zur Vesper, bei Feuer oder zur Hochzeit. Aber es gibt keine Glocke mehr, sie ist im Krieg eingeschmolzen worden. Terrarien sind, Gott sei Dank, jetzt keine mehr da, auch das Äffchen ist weggekommen, und Gisi, die Hausschlange, ist tot. Mit Ehrfurcht hat sie das Hinterglasbild mit der Madonna abgestaubt und auch das Kruzifix im Herrgottswinkel.

Der gnädige Herr und die fremde Frau lachen.

Sie lachen über ihr Spiel, das sie treiben wie alle Verliebten, die selbst die Vergangenheit als Vorstufe ihres Einklangs deuten, da ihnen die Gegenwart zu wenig scheint: Sie suchen die Koinzidenzen ihrer Lebensläufe. War Emmy als kleines Mädchen nicht ganz in der Nähe, in Pörtschach, während er sich in Klagenfurt bei seinem Onkel in der fotografischen Lehre mühte? Und dort, wo sie ihre Besorgungen macht und einmal mit den Füchsen an der Leine Aufsehen erregte, in Zell am See, ja, dort ist er aufgewachsen. Und der schiefe Turm in seinen Bildern, ein wiederkehrendes Motiv, ist vom Zeller Kastner-Turm in der Altstadt angeregt, dort, wo die Autobushaltestelle ist, wenn sie von Unken herkommt. Sie erzählen sich über die Seen ihrer Kindheit, wo er am Zeller See Frösche, Kaulquappen und Wasserkäfer und sie am Wörthersee das Fischlein gequält hat, und sie reden über die Lust und die Verzweiflung darüber. Er kommt aus Leitmeritz in Böhmen – haben nicht alle Wiener slawische Verwandte? Und er ist doch in der Wiener Secession gewesen zu einer Zeit, da sie ganz in der

Nähe, in der Heumühlgasse, ihre Schulaufgaben gemacht hat. Sie sehen sich in die Augen und entdecken, daß sie beide einen kleinen Fehler haben, daß sie beide leicht schielen. Und einmal – sie staunen selbst bei der Rekonstruktion – haben sie zu gleicher Stunde an verschiedenen Orten imaginär die Melodie eines Liedes gehört: „Tom der Reimer" ...

Und sie scherzen und gehen durch das Vorhaus mit den taubengrauen Türen die Treppe hinauf in den ersten Stock. Auf dem Gangfenster blühen selbst im Winter üppige Hängenelken, oft sind die Fensterscheiben mit Eisblumen bedeckt. Die alten Mauern sind dick und aus Stein gefügt, nicht in allen Zimmern gibt es Öfen, und die Kälte kriecht in die Knochen. Im kleinen Salon zwischen Arbeitszimmer und Bibliothek steht kubineskes Mobiliar, Kostbares mischt sich mit Plüsch. Er hat ein Faible für Uhren, getrocknete Käfer, Souvenirs aller Art, Ramsch, schönes Porzellan, Totemstücke aus vielen Kulturen und wertvolle Originale seiner Künstlerfreunde.

In der Bibliothek reihen sich tausende Bände aneinander. Literatur, Philosophie, Kunst. Kubin zeigt Emmy die Werke jener Künstler, die er besonders liebt: die Meister der Donauschule, Breughel, Goya, James Ensor, Honoré Daumier, Odilon Redon, Max Klinger, Eduard Munch, Franz Marc oder Wilhelm Thöny. Mit der Lupe zeigt er ihr das Gewirr von Bäumen, Sträuchern und Getier in den Zeichnungen von Rudolph Bresin, holt Bücher und Blätter von William Blake, Menzel, Sonderegger, Rethel und Barlach hervor, von Liebermann, Alphonse Legros oder Delacroix. Ein Teil seiner Bibliothek ist fluktuierend, von Zeit zu Zeit tauscht er Bücher in Passau in andere um. Von weither läßt er sich seltene Werke schicken, von England, Frankreich, sogar aus den USA. Noch in hohem Alter wird Emmy Haesele alle Einzelheiten im Gedächtnis haben.

Kubin erklärt ihr die Eigenheiten jedes einzelnen Künstlers, spricht über Farben, Komposition, Motive und die Geheimnisse ihrer Ausstrahlung. Sie vertiefen sich in Kataloge und Originale und in die zahlreichen Bände mit Illustrationen von ihm selbst oder einem seiner Freunde. Sie nimmt alles begierig auf, ist die Lernende, Verzauberte, die in die neue Welt eintaucht wie in immer Ersehntes. Er zeigt ihr seine umfangreiche Kunstsammlung und ohne zu ermüden seine eigenen Arbeiten. Neben ihr entwirft er in schnellen, sicheren Strichen neue, läßt sie ahnen, was ihn zu einem der größten Zeichner des 20. Jahrhunderts gemacht hat.

In ihm hat sie ihren Meister gefunden.

Selbst zeichnet sie kaum.

Sie ist seine Vestalin und schützt die Flamme.

Sie werken im Haus. Es gibt dieses und jenes zu tun. Aber wie ist das, mit jedem Handgriff, jedem Schritt auf den Spuren eines anderen Lebens zu gehen, eines jahrzehntelangen anderen Zusammenlebens?

Unter dem Tonnengewölbe des Vorhauses, auf dem Weg zu den früheren Stallungen, ist das Schlüsselkästchen in das Gemäuer eingebaut. Es birgt viele Schlüssel und Schlösser, alte und neue, große und kleine, ziselierte und derbe, manche sind mit Spagat auf Zwirnspulen befestigt. Welche hat sie in die Hand genommen? Hat sie sich gefragt, ob sie das darf? Was hat sie damit aufgesperrt, was zu? Die Falltür in der Küche, die den Weg über eine steile Treppe in den Keller öffnet, wo die Marmeladen gelagert sind, die Rüben, das Kraut, die Erdäpfel und der Wein?

Alfred Kubin und Emmy Haesele gehen über Land.

In weitem Bogen gehen sie über die Wiesen.

Die Hügel hinauf, die Hügel hinunter.

Den Waldrand entlang, durch die Gräben.

Das Moos ist weich, wenn sie liegen.

Der Himmel ist ein Staunen.

Gehen über den Hag, rasten unter der Eiche weit drüben.

Umkreisen das Haus mit dem Glockentürmchen, von ferne, von nah.

Es ist seine „Arche“. Sein Zufluchtsort. Sein Schutz.

Es ist auch ihr Haus geworden.

Sie gehen bei jedem Wetter, oft stundenlang. Wandern bis Schärding, mitunter sogar bis Passau und fahren mit dem Zug nach Wernstein zurück. Wenn sie einkehren, schäkert Kubin mit den Kellnerinnen. Am jenseitigen Ufer des Inn thront das Schloß Neuburg, dem der Weiler von Zwickledt ursprünglich untertan war. Eine Seilfähre führt über den Fluß, dem Fährmann hat Kubin eine Erzählung geschrieben. Sie gehen an Häusern und Höfen vorbei, plaudern mit den Bauern, den Kindern. Manchen schenkt er eine schnell hingeworfene Zeichnung. Er weiß nicht, daß viele davon im Küchenherd landen, es ist ein komisches Gekritzel, sagen die Leute, es ist nicht geheuer, wie der ganze Mann in seiner dunklen Pelerine, immer ist eine andere Frau dabei, da ist Hexerei im Spiel, und wenn die Kinder nicht folgen, schreckt man sie am besten mit ihm.

Das Korn steht hoch.

Es gibt Orte, die sie immer wieder aufsuchen, ein geheimnisvolles Haus, einen Findling, einen besonderen Baum, einen Tümpel mit allerhand Getier. Vieles findet sie in seinen Zeichnungen wieder. Und selbst im Schweigen fühlen sie, daß sie eins sind. *Du lebst in mir*.

Wenn sie nach Hause kommen, trinken sie Tee. Kubin sammelt auf allen seinen Wegen Kräuter und Blüten. Ständig um seine Gesundheit besorgt, liebt er Tee aller Art. Emmy legt neue Scheiter in die Glut.

Im Winter heult der böhmische Wind.

Im Frühling kommen die Schlangen.

Im Sommer ist im Lusthaus gedeckt.

Im Herbst ziehen die Nebel ums Haus.

Im Schlafzimmer ist das Muster des Teppichs in den Tapeten nachgeschnitten.

Über dem Doppelbett hängt Alexej Jawlenskys farbenprächtiges Portrait von Hedwig Kubin.

12

In Unken ist alles wie immer und nichts mehr wie sonst.

Die Familie ist entzweit.

Heinz und Mesi rücken von der Mutter ab. Vor allem Mesi leidet. Es ist ihr eine zwiespältige Freude, daß Kubin ihre eigenen Zeichnungen schätzt und ihr durch die Mutter ausrichten läßt, daß sie Talent habe. Noch als Neunzigjährige, beinamputiert und im Rollstuhl, wird sie sich daran erinnern.

Hans arbeitet viel. Er wird von den Dörflern und im ganzen Tal geachtet und geliebt. Der Doktorsfrau verzeiht man nichts. Alle wissen, was geschehen ist, das Dorf ist klein, da läßt sich nichts verheimlichen. Er aber steht unverbrüchlich zu ihr, sie ist seine Frau und er will nicht kleinlich sein. Manche reden, daß er sich getröstet habe. Die Doktorsfrau habe es ihm selbst nahegelegt. Man sieht ihn oft auf Schloß Oberrain. In Lofer ist er Stammgast im herrschaftlichen Gasthof zum Bräu, für das Clemens Holzmeister den Anbau und Franz von Zülow die Fresken gestaltet hat. Johannes Graf Moy, den die Haeseles von Salzburg her kennen, ist hier gerne zu Gast, auch in den Wintermonaten, wenn die Lawinen zu Tal donnern und er manches Ereignis in den Erzählungen des Bandes „Das Kugelspiel" festhält. Robert Musil ist 1909 im Bräu gewesen. In der letzten Tagebucheintragung seines Lebens vom 6. November 1944 wird er sich noch daran erinnern: „Der Kopf mit den schwarzen Zöpfen am Fenster des Nebenzimmers morgens in Lofer."

Musil war in Begleitung von Martha Marcovaldi gekommen, die kurz darauf seine Frau wurde.

Hans Haesele hat viele Patienten in Lofer übernommen. Der Gemeindearzt ist Morphinist und gilt als unzuverlässig. Das Töchterchen des Bräuwirtes, Itha Maria, später verheiratete Moldan, erinnert sich noch als alte Dame in ihrer bachnahen Villa hinter dem Zementwerk von Golling lebhaft an ihre Kindheit. Sie ist oft krank gewesen und hat unter einer immer wieder aufflammenden Mittelohrentzündung gelitten. Der Unkener Doktor kommt fast täglich. Er macht Späße und sagt dem Kind Gedichte auf. Dann stürzt er in den ersten Stock hinauf, zu wilden Improvisationen auf dem Klavier und zu Gesprächen mit der Mutter, die er verehrt. Er spielt Beethoven und Richard Wagner. Der Vater meidet ihn, die Mutter sagt nie „Hans". Über die „Peinlichkeit" des Verhältnisses von Emmy mit Alfred Kubin wird nicht gesprochen.

Viel Arbeit. Wie Jahr um Jahr im Saalachtal. Auch viel Veränderung. Säen, ernten, dreschen, mähen, heuen, einführen, melken, schlachten, triften, Holz ziehen, Kirche gehen, gebären, begraben.

An der Friedhofsmauer auf dem Kirchplatz ist immer noch die Seilerhütte, wo der Seilermeister Johann Posch Heu- und Streunetze, Kälberstricke und Mistseile bis zu 170 Metern Länge herstellt. Er geht auch noch auf Stör zum Hacheln des Flachses.

1933 wird in Unken die erste Tankstelle genehmigt, die Vacuum Oil Company aus Wien hat sie errichtet. Zwei Jahre später eröffnet eine zweite beim Grenzgasthaus Schoberlechner am Steinpaß. Der Doktor ist eine gute Kundschaft. Das Botengeschäft von Josef Leitner, vulgo Schieder Sepp, floriert, er fährt mit seinem Laster mehrmals wöchentlich von Unken nach Salzburg, beladen mit Vieh und Bauernwaren, und versorgt auf dem Rückweg die Unkener Gemischtwarenhandlungen mit Konsumgütern. Die Straße Salzburg-Lofer wird asphaltiert.

Die Unkener Gendarmerie verstärkt ihre Posten. Im November 1933 wird das standrechtliche Verfahren genehmigt, auch die Todesstrafe. Im Heutal wird ein Grenzschutzdienst eingerichtet. Der Bürgerkrieg von 1934 zwischen Heimwehr und Schutzbund wirft nur ferne Schatten auf das katholisch-bäuerliche Dorf. Es gibt kein Industrieproletariat wie in den Städten. Der Ort liegt an keiner Hauptverkehrslinie, Wien ist fern, Dollfuß eine kleine Figur, nach seiner Ermordung vergessen.

Nahe aber ist das Deutsche Reich. Und er, der Führer Adolf Hitler. Böller hallen durch die Nacht. Hoch oben am Gseng, dort, wo der Waldbrand war, ist jetzt ein riesengroßes Hakenkreuz. Raketen steigen auf, und man hört aus der Ferne das Horst-Wessel-Lied.

Nach dem Verbot der NSDAP werden die Lieder leiser gesungen. Auf den Steigen im Gebirge aber sind in der Dämmerung beladene Gestalten zu sehen. Das Verbot der Partei bewirkt das Gegenteil: Im Untergrund wird sie stärker. Es dauert nicht lange, bis sie wieder offen agiert. Der Bürgermeister ist ihr fanatischer Anhänger. 1936 fährt eine kleine Abordnung nach Berlin zur Olympiade. Heinz und Mesi sind dabei.

Die Geschwister haben einen Hauslehrer: Kurt Ludwiczek aus Linz.

Am 14. Oktober 1933 schreibt Emmy Haesele an Kubin:

Heinz und Hr. Ludwiczek haben gestern eine ganz wichtige Hitlerrede im Radio gehört: Deutschlands Austritt aus dem Völkerbund und der Abrüstungskonferenz. (Alles: zu langsam) Irgendwo in mir bin ich doch natürlich auch „Kind meiner Zeit" und als solches muß ich auch reagieren auf das äußere Weltgeschehen. Interessiert es Dich, wie ich mich dazu stelle? ... Willst Du zum „Zauber" auch beitragen?

13

Wald und Wurzel, Findling und Farn. Tümpel und Sümpfe, Kröten und Kreuzottern, Kobolde und Gelichter. Zweimal fährt Emmy Haesele mit Alfred Kubin in den Böhmerwald. Die Fürst Schwarzenberg'sche Bahn geht von Haidmühle nach Tusset und weiter, es gibt elegante Motorwagen für Reisende. Man braucht ein Visum, und Hedwig tauscht für ihren Mann in Schärding jeweils 100 Tschechenkronen ein.

Im August 1934 ist das Liebespaar in Tusset, 1935 fast drei Wochen in Kuschwarda, von wo aus die beiden die Gegend um Idasäge und den „Urwald“ von Schattara erkunden. Die Dörfer liegen im tschechischen Hoheitsgebiet, aber sie sind noch geprägt von der Atmosphäre der österreichisch-ungarischen Doppelmonarchie. Es ist das Land Adalbert Stifters, dessen Geburtsort Oberplan sie von den Höhen über Tusset jenseits der Moldau sehen können.

Die Romane „Nachsommer“ und „Witiko“ zählen zu Kubins Lieblingsbüchern. „Du Bild des heitern Sonntages, ... ich habe deinen roten Mund nicht vergessen, der auf den sonnigen Steinen gesprochen, und dein Auge nicht, das in dem Walde geglänzt hat ...“ Stifter liebt er, mehr als alle anderen Dichter. Auch mehr als Kafka, dessen Romane ihn *ganz intim* berühren und für dessen „Landarzt“ er 1932 sechs lavierte Federzeichnungen gestaltet. 1911 hatten sie sich in Prag getroffen, sich aber, obwohl Kafka Kubins „Die andere Seite“ schätzte, persönlich nicht viel zu sagen gehabt. Sie redeten über Abführmittel, und Kafka schwieg zu den frivolen Geschichten von Kubins Bohemienzeit in München, in der er in einer Künstlerpension mit Malern und Veterinärärzten wohnte und wo es so verlottert zuging, daß die Fenster des gegenüberliegenden Hauses als Aussichtsplatz vermietet wurden.

In den endlosen Wäldern im Dreiländereck Österreich, Bayern und der ČSR findet Kubin *die böhmische Schicht* seiner Kindheit wieder. Seit 1922 fährt er fast jeden Sommer in diese *urweltlich märchenhafte Einsamkeit,* die ihn magisch anzieht. Sie ist ihm wie eingewoben, durchsprüht sein Vorstellungsleben, gibt ihm Frische, wie er an Hanne und Reinhold Koeppel aus Waldhäuser schreibt, die Freunde, durch die er zum ersten Mal diese Urlandschaft auf der bayerischen Seite kennenlernte.

Sommerland. Waldzauber und Nadelduft, Wildwasser, gestürzte Baumriesen, Knüppelkiefern und Dickicht, dort, *wo breite Fahrwege in gefährliche Sümpfe führen, wo das Unwahrscheinlichste Wirklichkeit ist und sich Vorhandenes in Luft, Rauch und Nebel löst, wo Glück und Bangnis ineinanderfliessen, wird alles zu Rausch und Traum, zum Traum vom Böhmerwald.*

Wie irreal fließen die Tage dahin.

Hier sind die Liebenden ganz für sich.

Die Unterkunft ist primitiv und billig, die Wirtsleute sind freundlich.

Die Vorhänge des Zimmers bauschen sich im Wind des Sommertags.

Sie knistern in der Brise der Nacht.

Emmy ist im Juli vierzig geworden, sie feiern Geburtstag, *Ach Du! Liebes wir beide sind „Spätblüher"!*

Er liebt alles an ihr und mit ihr, die *100 Verschwiegenheiten,* die Kleider, die sie trägt, *in tausend Märchen wirst Du mir taufrisch erscheinen,* und die Landschaft wird sich *noch verschönern wenn Du sie anschaust – gleich Blumen – ... Und wirst Du mir ermunternd dann, nach Tusset, auch immer weiterhelfen? Du winziger Spiegel eines ∞ Abgrundes?*

Von Glück getragen, wandern sie durch die Wälder, die in schier endlosen Wellen und in allen Schattierungen von

Grün, Grünschwarz, Blau und Blaugrau ineinanderfallen bis zum fernen Horizont. Glitzernde Granitfelsen, giftgrünes Moos, Heidelbeersträucher, Hochmoore, Lichtungen und lockere Birkenwäldchen. Rehe trinken aus den Bächen. An den Wegrändern Triften von blühenden, zartlila Lupinen. Geister, Dämonen und Stilzel, der boshafte Kobold. Wo ist Libussas Schloß, Witikos Burg?

Sie wandern durch Platzregen, wandern bis in die Finsternis.
Liegen zwischen Korngarben und jagenden Wolken.
Emmy fotografiert ganze Serien.
Kubin zeichnet.

Die Verbindung von Geliebter und geliebter Landschaft erschließt ihm eine längst verloren geglaubte *neue Kraftquelle*. In einem als Erlösung nach langer Dürre empfundenen Arbeitsrausch nimmt er weit zurückliegende Projekte wieder auf, konzipiert neue und entwirft in wenigen Wochen zwei seiner bedeutendsten Mappenwerke, die als letzte Höhepunkte seines Schaffens gelten: die „Phantasien im Böhmerwald" und die „Planeten". Denn hier, in dieser Landschaft, so schreibt er im Einleitungstext zu den „Phantasien", liegen die tiefsten Wurzeln seines Wesens, hier ist die eigentliche Heimat seiner Seele. Ein Gefühl des Freiseins läßt ihn die Wirklichkeit in ganz anderes umformen, als wär's die Mongolei, die Menschen werden zu Baschkiren und Tungusen, die Tiere verwandeln sich in sibirische Tiger und Wölfe. *Und wenn's nicht so war, hätt's doch so sein können*. Er zeichnet Baumgespenster und Rauhnacht, Frau Welt und das Haus der Vampyre, Rübezahl, Mord und ein verendendes Pferd, den Tod und den Reisigsammler. Vielleicht, schreibt er an Emmy Wochen später, wird er die Mappe dem großen wirtschaftlichen Förderer der Region, dem alten Fürsten Schwarzenberg, widmen, *dem Kannitverstan aller dieser Wälder, Gasthäuser, Biere etc*. Er plant einen „Doktor Faustus", und zwar das Volksbuch, das ihm näher ist als Goethe, zu illustrieren und wünscht sich, Illustrationen für Adalbert Stifters „Abdias“ oder den „Hagestolz“ machen zu können.

An der Entstehung der „Planeten“ hat Emmy Haesele wesentlichen Anteil. Gemeinsam mit Hans hat sie jahrelang astrologische Studien betrieben und kann Kubin daher wichtige Hinweise geben, deutet ihm die bildliche Vorstellung des Mondes und rät ihm, den Neptun heftig bewegt, blaurötlich wogend und schillernd zu zeichnen. In den Jahren ihrer Liebe ist sie künstlerisch gereift und von der Zuschauerin zur Anregerin geworden. Als Dank schenkt und widmet ihr Kubin die Bleistiftentwürfe zur „Planeten“-Mappe. Als sie im Chaos von 1945 verloren gehen, ist Haesele verzweifelt. Als sie Jahrzehnte später wieder auftauchen, zählt dieser Tag zu einem der glücklichsten Tage ihres Lebens.

Die Wochen und Monde stürzen dahin.

Sie sacken ab in unheimlicher Art.

Aber innerlich ist etwas Leichtes, Wirbelndes.

14

Nackt macht er morgens Gymnastik.

Er fühlt sich wieder jung.

Barfuß geht er über die Wiese vor dem Haus, um Tau und Erde zu spüren.

Stundenlang sitzt er am Tümpel des Gartens.

Im Salettl ruht er gerne nach Mittag.

Er betrachtet das Ziehen der Wolken und den Wandel des Lichts.

Wenn er bei Regen über die Feldwege geht, flattert sein schwarzer Umhang wie die Flügel einer Fledermaus. In seinem Arbeitszimmer reibt Alfred Kubin die köstlich duftende chinesische Tusche an. Er sortiert die edlen Papiersorten, nach denen er seit Jahrzehnten auf der Jagd ist, denn auf kalkweißem Maschinenfabrikat kann er nicht sein Bestes geben, während ihm die unregelmäßige Körnung, der graue oder bräunliche Ton alten Papiers, *die Finger heiß macht*.

Es ist fünf Uhr nachmittags, Zeit des Briefeschreibens.

Auch Briefe schreibt er am liebsten auf altem Papier, oft sind es Reste in unregelmäßigen Formaten, die er mehrfach in die Kuverts faltet und preßt.

Es ist still im Haus.

Hedwig ist bei ihrer Schwester Tilly in Schärding, sie ist im Krankenhaus, schafft in der Küche oder im Garten, sie ist immer irgendwo weg von ihm, er kann sie derzeit schwer ertragen. Er hat die Briefe beantwortet, die es erforderten: an Hans Carossa, Salomo Friedländer, Albert Ehrenstein und Thomas Mann, an Stefan Zweig, Carl Zuckmayer, seinen Verleger Reinhard Piper und seinen Archivar Kurt Otte.

Jetzt schreibt er die Briefe, zu denen es ihn drängt.

Du flammender Stern
Du mein Komet
Du mein Urplanet
Du Blumenkelch
Du meine Liebeskraft, mein Liebesgeheimnis
Du mein fleischgewordener Engel
Du Firnenglanz und Höhlenrauschen
meiner Wonnen

Du bist mir unglaublich anziehend in allen Masken. – Kindlich, mänadisch, mütterlich – Hexe, Zauberin, Fee, ... Weibchen, usw. ...

Du sprichst vom Lustmord als schönstem Tod und ich? Ich möchte einzig in Dir auch meinen Todesengel, meinen Asrael, wie in einem Bild erschauen. Doch für das ∞ kann es kein Blut und Verrecken geben ...

Ja wie lässt Du immer und immer wieder „Das ewige Licht" hindurchschauen und mich stets in der Anschauung Deiner Holdheit „wie selig" sein – das klingt nach Religion und ist doch ganz „diesseitig" ...

Du Sterngefüge galvanisierst mich noch als Leiche

Im lichtgedämpften Raum eines Archivs liegen hunderte Briefe. Wohlverwahrt, wohlgehütet. Manche schon geöffnet und eingesehen, manche noch verschlossen in diesem oder jenem Konvolut. Eine Schere schneidet durch den faserigen Spagat, befugte Finger erbrechen vorsichtig die roten Siegel. Darf man Intimitäten lesen? Es war Krieg, als Emmy Haesele die Briefe an Otte und sein bombensicheres Archiv schickte. Sie wollte also bewahren, Zeugnis ablegen für eine große Liebe.

Mit Ungeduld wartet Kubin täglich auf Antwort von Emmy. Was hat *sie* geschrieben? Ihre Briefe aus dieser Zeit sind verschollen. Wahrscheinlich von ihm selbst, von Hedwig, vielleicht von Cilli in den Jahren nach 1936 vernichtet. Nur aus der Anfangszeit ihrer Liebe, *bis zur sogenannten Legalität* – bis zu Hedwigs Einverständnis –, gibt es einige wenige Zeugnisse, da Kubin die Briefe an Haesele zurückschickte. Erhalten ist jedoch ein handschriftliches Dokument, das tagebuchartige „Manuskript" vom September 1933, das Emmy unmittelbar nach dem schicksalhaften August beginnt und in dem sie mit Kubin Zwiesprache hält:

Ja, Du bist der im tiefsten Herzensgrunde geahnte, der mir von Anbeginn an Verheißene, auf den ich hingelebt habe, für den ich in dieses Dasein getreten bin – um Gott in mir zu spüren, um all dieser überschwänglichen Seligkeit Resonanz zu sein, sie überhaupt zum Klingen bringen zu lassen – und dieses ist ein unumstößliches Gesetz: daß Gott uns bitter nötig hat als Gefäß, als Ausdruck dieser namenlosen Liebe!!

Sie ist weicher geworden in den letzten Monaten, weniger zerrissen. Ist freundlich und scheint heiter und tut, was von ihr verlangt wird. Die Mauern zwischen ihr und der Welt sind verschwunden, und sie fühlt sich vereint mit dem Kosmos. Das hat er gemacht, der Magier, den sie liebt, er hat das Fremdsein von ihr genommen.

Du Innerster! Du Wirklichster – endlich Erlebter! … Wie Du mich überschüttest! Dieser Goldregen, diese Fülle – wo soll ich denn nur hin damit. Noch war ich ganz in der Versenkung Deines langen Briefes – kommt schon ein neuer …

Nicht nur in Zwickledt, auch im Doktorhaus ist es still. Die Kinder sind in auswärtigen Schulen, unterschiedlichen Internaten. Kein Singen und Pfeifen mehr, kein Lachen und Weinen, kein Treppauf, Treppab, schreibt Emmy an Kubin. Mesi erkrankt schwer, muß in Salzburg operiert werden. *Gott, wenn Du das Kind nimmst, gib mir ein anderes!* Hans ist selten zu Hause. Er macht neue Fotografien von seiner Frau, die sie an Kubin schickt. Sie fragt ihren Mann, ob es ihm weh tun, ihm bewußt sein würde, daß *es eine andere, tiefere und schwerwiegendere Bindung ist als die seinerzeitige zu Dr. K.* Er legt ihr schweigend einen Zettel hin:

Wenn sich zwei Seelen zueinander neigen
Sollst du in Ehrfurcht stehen und schweigen

Ein solches Maß an Güte gibt es kein zweites Mal.

Güte ist das eine. Liebe das andere. Emmy ist ein Warten. Leuchtend ist die Zeit nur, wenn ein Brief kommt. Kubin schreibt, was er denkt, liest, woran er arbeitet und wie das Leben zu bewältigen sei. Er schreibt über den entwürdigenden Tod des Opernsängers Richard Mayr, den er mit Zuckmayer in Henndorf besucht hatte, über seine Ablehnung von Marinettis Futurismus, seinen *Degout* vor jeglicher Technik und der Dominanz der Rationalität, schreibt über Apoll, Kant und Nietzsche und über sich als Romantiker und Revolutionär, Künstler und Halluzinist. Er schreibt über seine zunehmende Irritation durch den Siegeszug des Faschismus in ganz Europa und seine Verachtung des Nationalsozialismus. Träume und Gesichte sind Leitmotive der Briefe, und immer wieder die Angst: vor Krankheit, Kälte, Verarmung und Altwerden, vor allem aber vor dem Nachlassen oder gänzlichen Versickern der schöpferischen Kräfte. *... mit Dir kann ich gelöster Zunge sprechen: ein Augenaufschlag und es liegt schon alles verständlich da ... Liebste! Es kommt alles aufs Schöpferische an – dazu ist „man" da –*

Wenn sie ihn nicht liebte und alles, was er schreibt, auf die Liebe bezöge, würde sie vielleicht ermüden, wenn er unerbittlich und immer von neuem über den Dualismus von Geist und Seele, Ich und Selbst schreibt. Fragen, in deren Beantwortung er im Grunde auf der Stelle tritt und sie darum mit Wortkaskaden überdeckt. Haesele kennt die Debatten von Keyserling und Oskar A. H. Schmitz her, Kubin hat sie von Ludwig Klages und Salomo Friedländer übernommen und von dessen Theorie der „schöpferischen Indifferenz". Denn, so schreibt Kubin und so haben sie es in Zwickledt oft beredet, Schöpfertum sei nur möglich in der Aufhebung der Bipolarität der Existenz. Nur in der Überwindung der Extreme, der Spannungen und Zerreißproben, finde der einzelne zu sich selbst und zu seiner Balance. Balance sei alles. Der Weg dorthin bestehe darin, aus einem inneren Zentrum heraus zu agieren, einem *Weghalter* der Konzentration, von dem aus die Widersprüche zu bewältigen, ja, sie sogar mit einem Gelächter zu beantworten seien im Bewußtsein, selbst schwankender Gleichgewichtspunkt von Kräften zu sein.

Viele Worte, um Abgründe zu überdecken.

Sie versteht, was er meint, denn auch sie sucht nach einer Rechtfertigung für die Verwerfungen ihres Lebens. Sie liest und wendet die Briefe und drückt sie an ihr Herz, und unten im Wohnzimmer des Doktorhauses von Unken spielt Hans laut und weltzertrümmernd Anton Bruckner, und sie denkt an Alfreds Augen, in denen sie sich verloren hat vor einigen Wochen, einigen Monaten, einem Jahr, wie lange ist es her, daß dieses neue Leben begann? Und schöner ist es, diese Briefe zu lesen, leichter findet sie sich darin zurecht als in seinen frühen Zeichnungen. Im Kokon ihrer Liebe und im abstrakten Sprachlabyrinth seiner Schrift fühlt sie sich geschützter als in den apokalytischen Bildern von grauenerregenden Lust-Szenerien, von Schändung, Schwänzen, Mord und Folter und Schrei, von panischer Angst in der Höhle des Nichts und von Schwangeren mit geblähten Bäuchen, die siegessicher über die Erde schreiten und die Saat des Todes hinter sich ausstreuen. Wer bist du gewesen, Lieber, als du die Dämonen der bösen Gier erdachtest, was hat dich getrieben, welchem Verlangen hast du gedient, welch morbider Erotik bist du gefolgt in deinen Phantasien, qualvoll und quälend und zerstörerisch und fern der paradiesischen Bilder, die wir uns erfinden für unsere Spiele, für unsere kosmische Liebesphilosophie, unsere Zärtlichkeit?

Der Sprung in den Abgrund, schreibt sie, ja, das ist das Wichtigste.

Abgrund ist ein Wort, ein Wort unter vielen.

Noch weiß sie nicht, was Abgrund wirklich bedeutet.

Noch fällt sie weich, einfach nur in *seine* Arme.

Was sie in Unken tagtäglich *ihr Leben* nennt, ist nur *Schein*. Soll sie weinen, fragt sie sich, daß sie dem Geliebten begegnet ist? Daß sie sich in Demut beugt vor dem Wunder seiner Existenz?

Ja, ich habe Mann und Kinder u. ich liebe sie innig, aber mir ist, als wären sie nur Sprossen von mir, als wären sie in mir enthalten, während Du, Allumfasser, das Ganze enthältst! Du – mein Traum! Ich – Dein Geschöpf! Und in uns die ganze Welt – – –

Die Liebenden fühlen sich als *Kinder Gottes*, unschuldig und auserwählt. Ihrer Vereinigung geben sie viele Formen und Transformationen. Sie erleben sich in Träumen, die ohne Alp sind, und stürmen als Ali, der Schimmelhengst, und Fatme, die Schimmelstute, aufeinander zu. Es gibt keinen Halt, keine Koppel. Der Hengst ist für Kubin das *herrlichste an Männlichkeit, das ich mir vorstellen kann*. Ende der zwanziger Jahre hatte er ihm ein eigenes zeichnerisches und literarisches Mappenwerk geschaffen. Es ist autobiographisch, durch die Freud'sche Psychoanalyse grundiert und das Ich in zwei Figuren aufgespalten: Ali – ein Anagramm der drei Vornamen Kubins Alfred Leopold Isidor – symbolisiert den dunklen Drang und die triebhafte Natur, der Mandschuprinz, der das wilde Pferd zähmt, die Bewußtseinskontrolle. Liebesverwicklungen sollen während des Entstehungsprozesses eine Rolle gespielt haben: mit Tilly Spier, Marie Waldek und Hanne Koeppel.

Kubin scheut sich nicht, den Hengst in der Beziehung zu Emmy Haesele zu revitalisieren. Er gibt ihm die Schimmelstute Fatme zur Seite, auf nächtlicher Wiese treffen sie sich zum Liebesspiel. Kubin schmückt viele seiner über 200 Liebesbriefe aus dieser Zeit mit bewegten und anspielungsreichen Zeichnungen oder legt ihnen kleine aquarellierte Blätter bei, die Haesele als gezeichnete Sprache ihrer Liebe hütet als Geschenk und Geheimnis.

Du Himmlische
Du herrlich Wissende
Du Unvergleichliche
Du meine Vision

Du liebstes Kupfergold
Du differenziertestes Körpergewandmärchen
Du Sammellinse meines Liebesglücks
Du mein Unendlichkeitsspiegelein
Mein Sternenliebling – Zwillings-Urweib

Vom Achberg stürzen die Bäche.

Die Saalach fließt in die Salzach, die Salzach in den Inn. Der Inn in die Donau, die Donau ins Meer.

Ich möchte brennen – ich möchte so ganz und gar zu Nichts an Dir verbrennen! ... Und dieses Fest, wenn ich abends Deinen Brief wieder vornehme u. nochmals durchlese u. mich ganz anfülle mit Deinen Worten u. ganz mit Dir schwinge u. so – in dieser Verbundenheit einschlafe, dann weiß ich, daß wir nächtlich zusammen irgendwo auf der Weide sind ... Wo liegt Zwickledt, wenn ich nicht gerade dort bin, so ist's doch im Mond.

15

Zwickledt liegt über den Höhen von Wernstein am Inn.

Es leben Menschen dort, die den Tag bestehen müssen.

Hedwig Kubin ist überfordert. Im Türmchen auf dem Dach hängt keine Glocke mehr, aber in ihr selbst läutet es Sturm. Sie müht sich, sie will verstehen, tolerieren, großzügig und weltoffen sein, aber sie hat nur dieses steinerne Haus, ihren umfriedeten Garten und ihre Liebe. Sie leidet unter Kubins Kälte und Zurückweisung. Sie gibt sich stark, innerlich bricht sie zusammen, wird wehrlos und spricht der Frau gegenüber, die ihr den Platz streitig macht, von Intimitäten, die sie sonst für sich bewahrt hätte.

... dass es für mich oft recht schwer ist, weil man mit A. so schlecht reden kann, und da ich auch in Gefühlssachen aus einer Scheu vor jeder Weichheit mitunter hart scheine, finden wir nicht zusammen. An dieser letzten Verwirrung war ich nur insofern schuld, als ich unfähig war, eine Aussprache, die A. ablehnte, zu erzwingen. Ich finde da nicht den richtigen Ton und kann ihm meine echte und wirklich grosse Liebe nicht zeigen. Wie oft habe ich ihn, wenn er schlafend neben mir lag und ich keine Ruhe finden konnte, leise gestreichelt und heimlich seine Hand geküsst, um dann bei Tag ablehnend und kühl zu erschienen, weil ich es nicht ertragen kann den Anschein zu erwecken, als wollte ich um seine Liebe und Zärtlichkeit betteln ...

Der Postbote in Unken hat viel zu tun. Neben den Briefen mit der großen, schrägen Schrift trägt er auch andere hinauf ins Doktorhaus, die Schrift ist zarter, schon lateinisch, nicht mehr Kurrent und mitunter mit der Maschine getippt, aber die Adressatin ist dieselbe: Emmy Haesele. März 1934.

A. glaubt immer wenn es mir schlecht geht, er muss die Beziehung zu Dir abbrechen. Wenn Du sagst, dass Du dem Tod näher bist als dem Leben, so trifft das auch auf mich zu. Du hast aber Deinen Hans als Trost und Stützte, hast Deine Kinder (ich weiss, dass es nicht wahr ist, dass sie Dich nicht mehr brauchen, und Du weisst das ja auch), ich habe nur A., mit dem ich mich aber in dieser Sache noch weniger aussprechen kann als in anderen ... Ich habe Dir, als Du das erste Mal nach Zw gefahren bist, gesagt, dass Du mir leid tust, weil ich weiss, dass Dir auch Schweres bevorsteht ... Ich kenne ihn länger und besser als Du, ich wusste damals schon, dass Du auch viel für ihn leiden müssen wirst ...

Nach den vielen Amouren ihres Mannes hat Hedwig zum ersten Mal Angst, ihn ganz zu verlieren. Sie verheimlicht ihm in dieser Zeit ihre großen körperlichen Schmerzen. Sie fürchtet, daß ihn dies noch mehr von ihr entfernen würde. Sie hat ein Martyrium von mehreren Darmoperationen hinter sich, eine Folge ihres Morphiumkonsums gegen die Gesichtsneuralgie. Beide Frauen denken an Selbstmord. Emmy nur flüchtig, Hedwig aber schreibt bereits vier Tage nach ihrem ersten Märzbrief:

Du musst wissen, dass ich mich und mein Leben gern zum Opfer bringen will, wenn ich damit A. helfen könnte, denn er gilt mir mehr als dieses Dasein. Das wäre nicht so schwer. Viel schwieriger als für ihn zu sterben ist es für ihn zu leben und zu leiden. Darüber solltest auch Du Dich nicht täuschen. Vielleicht hat Hans Dir gesagt, wie nahe ich im Herbst daran war, meine Liebe durch den Tod zu besiegeln, und dass nur die mit Hilfe von Hans gewonnene Erkenntnis, dass durch eine feige Fahnenflucht nicht ihm sondern höchstens mir selbst gedient worden wäre, mich von diesem Schritt abgehalten hat ... Du sollst Dich mir gegenüber frei fühlen und offen Deinen Standpunkt vertreten, denn nur so kann für uns alle Erspriessliches entstehen. Du darfst und sollst mich lieb haben, so viel Du willst, aber in meiner Schuld sollst Du Dich nicht fühlen, das macht uns alle unfrei und befangen. Grüsse herzlich unsern Hans, den edelsten und gütigsten Menschen. Ich weiss, dass Du mir erlaubst, ihn lieb zu haben, ich könnte gar nicht anders. Und sei Du selbst umarmt und geküsst in schwesterlicher Liebe und Zuneigung. Deine Hedwig

„Fahnenflucht", sagt Hans. Von „Auserwähltheit" spricht Emmy. Wie sich dieselben Worte gleichermaßen für die Liebe eignen wie für die Politik! Und wer sagt „Opfer"?

Wer sind die „Helden" auf dieser Bühne?

Sie hat ihre Rolle ausgespielt, sagt Hedwig. Sie ist mutlos, nervös und reizbar, raucht viel. Hat schwere Träume, wacht nachts schweißgebadet auf, schwarze Fahnen hängen aus allen Fenstern. Kubin geht ihr aus dem Weg. Schweigt, schwankt, versucht wieder Zärtlichkeiten, die sie als Demütigung empfindet. Tage bestehen. Nächte überstehen. Wer kennt die Litanei der Liebe in ihren Farben von Glut und Erlöschen?

Dann wiederum setzt er Emmy herab. „Herabsetzen", auch das ist ein Wort. *Bei ihm bedeutet nämlich, einen Menschen zu lieben zugleich dasselbe, wie einen anderen herabsetzen zu müssen,* schreibt Tilly Spier, Hedwigs Schwester, die mitlebt und -leidet an Hans Haesele. Wen setzt Kubin nun herab, wen liebt er? Die eine, die andere, beide oder noch andere dazu? *Liebe gute Hanne,* schreibt er an Hanne Koeppel zur gleichen Zeit, *Stupsige, Zöpfische, Du bist zu süß, als daß ...; Liebes Schnäuzchen ...; Liebe Freundin, Du erwartest Dir das, was Du besessen hast* ... Und Hedwig spricht von Marie Waldek, die Alfred und Emmy in Tusset ausgeschnüffelt hat, diese *ärmliche Nebenbuhlerin.*

Hedwig hat zeitweise die Großmut, Emmy vor allen und auch vor ihrem Mann in Schutz zu nehmen. Sie tröstet ihn sogar, wenn Emmy länger nicht schreibt und er unruhig wird. Sie weiß, wie *lebensnotwendig* ihm diese Verbindung ist, und sieht mit Freude seine neu erwachte Schöpferlust. Dann geht es wieder eine Weile gut, in dieser Ménage à trois. Hedwig ist *beseligt und beglückt durch seine Liebe,* wenigstens für ein paar Tage.

Auf und ab, Katz und Maus, hü und hott.

Das kann nicht dauern.

Der Ton verschärft sich, Vorwürfe, Anschuldigungen, Kränkungen und Wut. Hedwig ist vom Gefühl der Überflüssigkeit und der Trauer um das Verlorene wie gelähmt. *Mein brüchiger Leichnam* ... Sie flüchtet zu Hans. Anfangs fährt sie nach Unken, wenn Emmy in Zwickledt ist. Später hat sie nicht mehr die Kraft dazu. Ihm schreibt sie unzählige, hilfesuchende Briefe. Er spricht ihr Mut zu, legt gepreßten Enzian zwischen die Seiten. Tiefer als Emmy spürt sie die verhaltene Verzweiflung von Hans.

Wären längere gemeinsame Reisen von Alfred und Emmy eine Lösung für die Zukunft, fragt Hedwig. Nicht nur Böhmerwald, sondern weiter weg, vielleicht in den Süden? Vor allem: fort aus Zwickledt, um das Kommen der Geliebten und die jeweilige schmerzhafte eigene Ausbürgerung zu vermeiden? Kubin lehnt ab: Er brauche seine Gewohnheiten in Haus, Garten und Gegend, um ungestört arbeiten zu können. Er wird von allen Seiten geschont. Er ist der Künstler. Er ist das Genie. *Er* würde nie gehen.

Hedwigs eigenes Geld, das sie als begüterte Witwe in die Verbindung mit Kubin mitbrachte, ist längst verbraucht. *Sie* kann nicht gehen, wohin sollte sie. Sie hat auch noch für den Sohn aus erster Ehe zu sorgen, Otto Gründler, der selbst in einer *beängstigenden Nervenverfassung* ist, und sie ist zu stolz, um Kubin um Geld zu bitten. Und Hedwig ist „Halbjüdin" – wie soll sie da zurück ins „Reich"? Täglich hört sie die Meldungen, die rassistischen Töne und die brutalen Zwischentöne. Nein, *sie* kann nicht gehen. Auch für sie ist Zwickledt die schützende Arche. Und sie fühlt sich zu alt, zu verbraucht, zu schwach, um noch hoffen zu können. Er hat sie zu oft belogen und betrogen. Alles wäre leichter, wenn sie nicht mehr lieben, nicht mehr leben müßte, vertraut sie ihren tagebuchartigen Aufzeichnungen an, die bis zum Ende des Jahres 1934 reichen.

Die Monate vergehen.

Das Jahr hat auch in Zwickledt seine Zahl: 1935
Die Bauern fahren die Ernte ein.
Im Wirtshaus fließt der Most.
Auf dem Misthaufen kräht der Hahn.
Etwas braut sich zusammen.

Ungeduld des Herzens.

Du meine Liebeskraft
Du Innigstgeliebte
Du Himmlische
Du liebes Spieglein

Liebling, ... es war mir diese Spanne Zeit mit Dir ein duftendes Wunder, unerschöpflich in seiner Vielgestalt ... Kubins Briefe werden ungeduldiger, rastloser ist sein Warten. Wann kommst Du, fragt er, und noch einmal: ... *wann?* und wann? *noch 4 Wochen oder 8? oder nie??*

Und dennoch: Mitunter gibt es Streit. Während ihrer zweiten Böhmerwaldreise im Sommer 1935 kommt es zu einer ernsten Verstimmung. An der Grenzstation Haidmühle war ein nationalsozialistischer Aufruhr mit Geschrei und Gesang entstanden, den Emmy Haesele offensichtlich mit Zustimmung, vielleicht nur mit Neugierde betrachtete. Kubin jedoch war entsetzt, und es gab einen *Zornausbruch*. Kurz nach ihrer Abreise schreibt er, noch aus dem Böhmerwald, einen langen Brief in indigniertem Ton und die *Fortdauer einer gewissen Krise* ansprechend, am 31. August 1935:

Ein bloßer Schmarrn, der Zufall an der Grenze in H. zeigte mir jäh und unartikuliert im ersten Augenblick meinen Abscheu vor der misera plebs, der Masse mit den sogenannten „Führern", die sich dabei wechselseitig genug im Äussern und Tun charakterisieren. Soweit erkenntlich als wie zu allen Zeiten gleichbleibende Profitmacherei der Canaille – sich ausweist – Wo es „besser", wo es „schlechter", ist mir da egal, ich stosse mich erst wo meine ohnehin geringe Lebenspraxis völlig unter die Räder des Jauchehumus zu kommen droht – mein Gefühl ist hier gescheiter als der Verstand, der erst jetzt klar schaut wo er vor lauter Begreifenwollen bisher immer das vermeintlich „Gute" dabei hervorhob gegen die notwendigen „Begleitübel" – da meldest Du Dich heute schon sacht an, mit dem noch tieferen indischen Offenbarungswust – nur erleichtert es mir nicht diese Seelenkrise ... Anders bei Dir: den Verhältnissen an die ich nicht denken will, um nicht in den Ärger zu geraten, stehst Du beifällig gegenüber, und hast einen großen Teil landläufiger Meinung überdies auch für Dich dabei, wo ich nicht einmal die Gegenseite in Anspruch nehmen dürfte – die mir geradeso ferne (wenn auch nicht von dieser brutalen Penetranz ist), aber wenn Du Dich auch nicht in dieser (im Grunde doch eigentlich nebensächlichen!) Sache festgelegt hast, so hast Du aber doch selbverständlich trotz allem diese Haltung behalten, und ein ganzer Kranz verwandter Echos müssen fallen ... Du schickst mir Dank!!?? Da müßtest Du, wie ich ja auch, danken für alles Lähmende das sich da hereinlegt! wie immer Ali

Und es gibt etwas Stilles, Schleichendes, das Kubin vor Emmy verbirgt, selbst entfernten Brieffreunden aber sehr wohl andeutet. An Hermann Hesse schreibt er kurz nach seiner Rückkehr aus Kuschwarda im September 1935: *... und dann fängt jenes immer schwieriger werdende* E i n t e i l e n *der physiologischen Kräfte wieder an, welche das Signum dieser meiner Jahre sind. Beachte ich nun den Körper mit seinen Forderungen nach Ruhe und Entspannung, so geht es ganz gleitend dahin – wohl aber wie sich jedes geringe Abirren von der geraden Bahn rächt! Zum Mindesten ist* e i n e *Nacht schlimm, das Erwachen gräßlich u.s.w.*

Aufflammende Lust, schnelle Befriedigung, langes Unbehelligtsein – das war immer schon Kubins Rhythmus. Aber früh fühlt er sich altern, und seine Kräfte schwinden. Schreibt es offen und variantenreich in vielen Briefen an viele Adressaten, klagt und freut sich zugleich über die Beruhigung der Triebe, ist verzweifelt und erleichtert, analysiert und paralysiert sich selbst, und kann dann wieder nicht anders, wer will schon wirklich das Juvenile missen, nicht mehr agil sein, übermütig und prall, und sich eingestehen, daß alles weniger wird, daß das Rauschhafte des Lebens vorüber ist, und er läßt wieder seinen Hengst springen, wirft ihn aufs Papier, läßt ihn zu Fatme galoppieren, zeichnet wilde Spiele, sehnsuchtsvolle Szenen auf nächtlicher Weide, schreibt glühende Liebesbriefe an Emmy. *Wie möchte ich Deinen Athem trinken, Du schöne Glut!* Sie ist ihm die Fortsetzung seines eigenen Körpers, ein Glied seines Leibes, *so fühle ich ... und verlange immer wieder nach Dir.*

Hedwig hingegen straft er mit *glühendem Hass. Warum blickt er auf mich wie ein Mörder?* fragt sie sich in den Briefen an Hans und in ihrem Tagebuch. Sie spricht von seiner *hasserfüllten Bösartigkeit,* die in *eiskalte Gleichgültigkeit* übergeht und sie kommentarlos sagen, tun und lassen läßt, was sie will. Dennoch besteht Kubin auf dem gemeinsamen Schlafzimmer. *Ist er denn wirklich ein so grausamer Sadist, dass er sich an meinen Qualen ergötzt?* Es kommt zu Schreianfällen, Kubin überschüttet sie mit Vorwürfen und hält ihr wiederholt vor, daß sie selbst *ihm diese Frau freiwillig geschenkt hätte!*

Nach außen sorgt Hedwig für Haus und Mann und Gäste, bewahrt Contenance. Nur vor sich selbst verliert sie die Fassung, schreibt sie ihre Wut gegen die Geliebte ihres Mannes nieder, von der sie zu wissen glaubt, daß sie niemals teilen würde: *... sie will ihn ganz, mit Haut und Haar ... Ist sie doch die Hexe, als die sie mir anfänglich erschien, und hat sie es in dieser Eigenschaft verstanden, auch mich zu umgarnen, dass ich ihre wahre Natur so verkennen konnte?* Hedwig erinnert sich an einen Spaziergang in Unken, als das Gespräch auf Schlangen kam, Emmy von ihrer Zuneigung zu Kreuzottern sprach und sie Hedwig daraufhin plötzlich *gefährlich* schien, *sie kam mir wie eine böse Hexe vor, oder wie ein Elementargeist, der mit dem Bösen im Bund ist,* und fortan bringt sie ihren Abscheu vor diesem *Schlangengezücht* mit

Emmys Person in Verbindung. Bei allem Heroismus des Verstehens und aller Selbstkritik, ob es nicht ihre eigene Überreiztheit wäre, die ihr das Geschehen auf diese Weise deuten läßt, schreibt sie den Satz:

... was geht mich diese fremde Frau an, die ihn behext hat?

Was ist aus dieser einst schönen, klugen, mütterlichen Frau geworden? Die selbstbewußt und skeptisch einem Maler des „Blauen Reiter" Modell saß, einen jungen Bohemien und Haltlosen zügelte, und die einst die souveräne, sanfte Herrin von Zwickledt war, in fremden Sprachen bewandert und eine perfekte Sekretärin für ihren anspruchsvollen Mann? Die ihn schützte vor Zudringlichkeit, die seine Launen lächelnd ertrug und dem Künstler mit schwankendem Einkommen umsichtig den Rücken freihielt und selbst in schwieriger werdender Zeit die wirtschaftliche Grundlage schuf in Küche, Garten, Hühnerhof, Schweinekobel und Keller?

Wer hat sie so zerstört?

Sie kann nicht mehr.

Ich bin verfehmt und heimatlos geworden.

Dieses Gift bleibt Gift bis in alle Ewigkeit.

Die Verbindung zu Hans Haesele reißt ab.

Hans Carossa kommt ins Spiel, der Arzt, Schriftsteller und Freund.

Er kennt Wankelmut und Vergänglichkeit.

Tilly stärkt die Schwester.

Steht ein Ja oder Nein im Raum?

Liegt ein Entweder-Oder in der Luft?

Warum steht und liegt und Luft und Raum, fehlt nur noch die Zeit, kommt Zeit, kommt Rat, die Zeit heilt Wunden, warum dieses Redewenden, wenn man nicht ein noch aus weiß, nein, es kommt kein Rat, mit Rat und Tat und Täter, und wer sind die Opfer, und die Zeit heilt keine Wunden, sie bricht sie auf, läßt sie schwären, es wäre zu ahnen, zu sehen gewesen, er hat alles in das Schwarz seiner Striche gebannt, die Lust und den Tod, das Grausame und das Grauenhafte, Lächerliche und Komische, das Animalische im Menschen und das Menschliche im Leben, einen Strahl Hoffnung vielleicht, irgendwo im schrägen Lichteinfall, aber nichts Glückhaftes, Seligkeit nie.

Was wäre zu wissen von den Tausendstelsekunden im Leben von vier Menschen? Wer hat in welchem Augenblick was gefordert oder erbeten, was von wem erwartet, welches Ja oder Nein, Entweder-Oder? Oder folgt Kubins Begehren dem Rhythmus seines alternden Körpers und seiner rastlosen Phantasie, die nach der Erregung wieder Gleichklang und Ruhe brauchen?

Es kommt alles aufs Schöpferische an – dazu ist „man“ da –

1936. Am 21. Jänner schreibt Kubin an Emmy:

Du Unbeschreibliche ...! Du meine Sonnenmelodie ...! Du Spiegel meiner Seele ... defakto wird in 500 Stunden Dein Kommen unmittelbar vielleicht bevorstehen – soll man es so zaubern, daß diesmal kein Abschiedsleid auf die Freude einwirkt ...? Dein wunderbar durchglühter Brief ... ich werde ihn noch oft lesen – und es überrascht mich darin, so wie es mir traumverwandt ist, daß Du von meinem Tode träumtest ...

Sie konnte nicht wissen, welches Zeichen es war.

Emmy Haesele kommt Anfang Februar.

Der Gartentümpel ist zugefroren.

In der Bauernstube ist es warm.

Wieviele Tage vergehen?

Dann, so wird erzählt, sagt Alfred Kubin, de facto: „Pack deine Koffer!“

Er schlägt Emmy vor, zum *status ante quo* zurückzukehren.

Sie soll ihn nicht wiedersehen.

Sie darf das Haus nicht mehr betreten.

Flugschatten von Schwarz.

Die Zurückweisung erlebt Emmy Haesele als Schock.

Unfaßbarkeit.

Abgrund.

Alle Jahre, die noch kommen, werden mit diesem Tag verbunden bleiben.

Sie wird ihre Liebe bewahren, sich mit aller Macht dagegen wehren und sie wird machtlos sein. Sie wird sich der Lächerlichkeit aussetzen und der Scham, aber sie wird nicht anders können. Sie wird auf dem beharren, was war, wird es nicht verraten und nicht vergessen. Die Verbindung mit Alfred Kubin hat sie zur Künstlerin werden lassen, sie wird an ihrer Karriere arbeiten und Erfolg haben. Als Frau ist sie für immer gebrochen, und alle kommenden Katastrophen und drastischen Entschlüsse wird sie damit in Zusammenhang bringen.

Sie ist tödlich verletzt.

51 Jahre liegen noch vor ihr.

ZWEI

1

Von den Mellecker Höhen dröhnen die Lautsprecher.

Bis nach Unken und weit die Saalach hinauf sind die Parolen zu hören, das ganze Tal ist ein Schreien und Trommeln.

Am 12. März 1938 marschiert Adolf Hitler unter dem Jubel der Bevölkerung in der Stadt Salzburg ein.

Noch am selben Tag stürmt Hans Haesele in den ersten Stock des Bräuwirtes von Lofer. Sein Gesicht glüht, er steht vor der Hausherrin. Er geht nicht ans Klavier. Er schlägt sein Revers zurück, zeigt das Parteiabzeichen, das er bisher im Verborgenen getragen hat und sagt: „Jetzt ist es endlich soweit!" Anna Maria Baumgartner, die Bräuwirtin, greift nach der Lehne eines Stuhls, um sich zu stützen. Sie weist ihm die Tür, verweist ihn des Hauses. Stunden zuvor war ihr Mann Karl Baumgartner, bekannt als Ständestaatler, verhaftet worden.

Am 3. April fährt Hans Haesele nach Salzburg, um sich die Rede Adolf Hitlers im Festspielhaus anzuhören. Er ist überwältigt von der charismatischen Wirkung, vom *Fluidum* des Führers.

Am 10. April stimmt Unken mit über 99 Prozent für den Anschluß an das Deutsche Reich. Der Kramerwirt läßt das Ergebnis an der Hausfront anschlagen.

Am 13. September besucht Hans Haesele in Salzburg die Ausstellung „Entartete Kunst", *die ja diesen Titel wirklich und mit vollem Recht trägt*. Einen Tag später schreibt er an den Archivar Kurt Otte in Hamburg, daß in der Ausstellung auch eine Federzeichnung von Alfred Kubin hänge, was schon in München geschehen sei, wo man Kubin ebenfalls *in diese mit Recht abgelehnte Gilde* eingereiht habe. Er möchte Otte darauf aufmerksam machen und ihn bitten, dagegen Schritte zu unternehmen.

In den Unkener Ämtern wird „gesäubert". Alle offiziellen Posten werden neu besetzt. Die ehemaligen Illegalen an die Schaltstellen, die Andersdenkenden geächtet, brutal mißhandelt, wenn nicht schlimmer. Die Gestapo agiert schnell und „effektiv", wie überall. Es wird observiert, abgeführt, verhaftet. Man hört von Zuchthaus. Später geht hinter vorgehaltener Hand das Wort „Dachau" um. Martin Hohenwarter vom Unkenberg wird wegen „Vergehens gegen das Heimtückegesetz" angeklagt und zu vier Monaten Gefängnis verurteilt. In Mittersill kann die Gendarmerie nur knapp verhindern, daß der Dentist des Ortes, Paul Bierer, von einer Nazi-Meute gehängt wird, seine Praxis wird geplündert, sein Haus mit „Volksverräter" beschmiert. In Lofer hat sich der Gemeindearzt Dr. Felix Schoberlechner von seiner Gemahlin, die jüdischer Abstammung war, scheiden lassen. Sein Sohn wird von der eigenen Frau, einer Berlinerin, als „Halbjude" denunziert. Der junge Unkener Kooperator steht auf einer Liste – er macht der HJ und dem BDM die Buben und Mädel abspenstig, sie drängen sich geradezu zur Beichte. Die Reichenhaller schicken die Zigeuner nach Melleck, die Tiroler lassen sie nicht herein, sie werden im Saalach- und Salzachtal hin- und hergetrieben, bevor sie – – Darüber wird geschwiegen. Auf dem Salzburger Residenzplatz organisiert der Landesrat für Erziehung und Volkspropaganda, Karl Springenschmid, die einzige Bücherverbrennung auf dem ehemals österreichischen Staatsgebiet. Mit enthusiastischen Vernichtungsparolen werfen Jugendliche Werke von Arthur Schnitzler, Franz Werfel, August Lux, Siegmund Freud und vielen anderen ins Feuer. Es brennen auch die Bücher von Stefan Zweig.

Was dachten Hans und Emmy Haesele, das kulturbeflissene Arztehepaar aus Unken, als seine Bücher brannten? Was dachten sie, als sie die Nachricht von seinem Verzweiflungstod im Exil lasen?

Alle Zwangsversteigerungen der Bauernhöfe werden eingestellt. Die Maibaumfeier wird zu einem übermütigen Fahnenfest, hunderte Hakenkreuze wehen in der Frühlingsluft, es ist ein Jauchzen und Singen und Sieg und Heil und Siegheil, es gibt Freibier, Heinz und Mesi tanzen, der Doktor ist heiter wie nie.

Emmy lebt nicht.

Sie darf Kubin nicht wiedersehen?

Für wie lange, was ist geschehen, wer hat die Nacht erfunden und die Folter, wer hat dem Tag das Blühen genommen und der Stimme ihr Band, den Wänden die Mauern, dem Weg die Erde? Sie steht unter Schock. Hans kann nur lindern. Sie redet nichts, antwortet nicht und haßt alle Pferde. Jeder Geruch stört sie und jedes Geräusch. Sie hat die Handlangungen vergessen und die Fragen, hat die Küsse verloren, die das Firmament entzündet haben. Leichenweiß ist die Welt.

Sie ist eine Maske, die ihre eigenen Gesichtszüge trägt. Morgens zieht sie sich auf wie eine Uhr, die die Stunde schlägt, und wenn der Mechanismus abgelaufen ist, fällt sie ins Bett. Alles fällt. Das Gras unter der Sense, die Schuppen von den Augen und die Berge auf den Kopf. In der tiefsten Schwärze der Depression muß sie am Suizid gehindert werden. Wenn sie zu sich kommt, zeichnet sie.

Dennoch kann sie sich der Begeisterung von Mann und Kindern nicht verschließen. Da ist wenigstens lautes Leben und eine Hoffnung, die auch sie einmal geteilt hat, da ist ein Heute und ein Morgen, und das tausendjährige Reich ist Alltag und Tischgespräch und eine Fackel, die in die Zukunft weist, ja, es wird alles besser, sagen alle, keine Not mehr auf den Höfen, keine Arbeitslosen in den Straßen, keine dumpfe Hoffnungslosigkeit, die ist vorbei ...

Am 1. Mai 1939 erhält Emmy Haesele von der Reichskammer der bildenden Künste den Ausweis mit der Nummer M 23 775, der sie „zur Berufsausübung als Malerin und Graphikerin“ berechtigt.

Als Alfred Kubin später Emmy Haeseles Nähe zur nationalsozialistischen Ideologie als einen der Gründe für die Entfremdung angibt, führt sie zu ihrer Verteidigung an, daß sie sich als Grenzbewohnerin zwar begeistert für den Anschluß ausgesprochen, ja, ihn sogar für notwendig erachtet habe, nie aber eine Anhängerin Adolf Hitlers gewesen sei.

Das *vermeintlich „Gute“* und die *notwendigen „Begleitübel“*, wie Kubin es in seinem Brief an Emmy vom September 1936 formulierte – diesem Dilemma entkommt auch er selbst nicht in den kommenden Jahren. Seit Hitlers Machtergreifung 1933 sind sowohl Kubins eigene Einstellung sowie die öffentliche Anerkennung seines Werkes ambivalent. In Österreich wird ihm vor 1938 noch der Professorentitel verliehen, die Wiener Albertina feiert ihn zum 60. Geburtstag mit einer großen Werkschau, und Künstlerfreunde erstellen ihm einen Würdigungsband. Der oberösterreichische Künstlerbund „März“ organisiert eine 130 Blätter umfassende Ausstellung im Linzer Landesmuseum. In vielen Briefen an seine Freunde klagt Kubin jedoch über die Entwicklung der politischen Verhältnisse im Deutschen Reich, über die allgemeine Verrohung, die Repressionen gegen seine Künstlerfreunde und zum Teil auch gegen ihn selbst, über die zunehmend schlechtere Wirtschaftslage und die damit verbundene Finanznot. Aber auch er, sagt er, muß leben und überleben und daher sich bietende Gelegenheiten für Ausstellungen im Reich annehmen. Seine Blätter werden auf zahlreichen Ausstellungen in Passau, München und Berlin gezeigt, 1942 zum Beispiel sogar im besetzten Brüssel in der Schau „Deutsche Zeichenkunst des 19. und 20. Jahrhunderts“. 1936 werden zwar seine „20 Bilder zur Bibel“

von der Reichsschrifttumkammer „als schädliches und unerwünschtes Schrifttum" verboten, 1939 jedoch wieder zugelassen. Kubin wird in die Reichskammer der bildenden Künste, die die Voraussetzung für offizielles Weiterarbeiten ist, aufgenommen. 1941 publiziert er den Text- und Bildband „Abenteuer einer Zeichenfeder", 1943 erscheinen die Mappenwerke der „Schemen" und der „Planeten". Kubin erfreut sich vorübergehend insgesamt steigender Nachfrage und vermehrter Ankäufe – sogar einer von Goebbels wird kolportiert. Dennoch gibt es keine großen Auftragswerke, und Kubins Produktivität läßt nach. Er laviert zwischen den Fronten des Abscheus und der Überlebensnot, der kritischen Verachtung und der Akzeptanz der Mächtigen. Eindeutige öffentliche Stellungnahmen vermeidet er. Schon 1933 hat er an Hermann Hesse in Montagnola geschrieben: *Mir gehen natürlich die Emigranten stark um den Bart wegen Mitdenkerschaft, und da wieder muß man sehr vorsichtig sein – um nicht als offizieller Schädlingsanhänger bei den Nazis verschrien zu werden und in Mißachtung wie z. b. Th. Mann zu kommen.*

Für die Machthaber ist Alfred Kubin ein Grenzfall. Ist er nun urgermanisch oder entartet? Die Partei weiß nicht, was sie von ihm halten soll. Dies ist für Kubin Anlaß zu ständiger Existenzangst.

In allem, privat und politisch, ist Kubin *ein ewig gaukelnder Balanceur*. Wie sehr er das ist, zeigt ein Brief an Emmy vom Jänner 1936: *So winde ich mich durch ... 1000 Widerlichkeiten und stets bereit zu einer Lösung, wo sie sich bietet, um nicht blöde Conflikte hervorzurufen nach irgend einer Seite – wie z. Bsp. Herm. Hesse, der jetzt nun in Deutschland auch in übelster Weise angegriffen wurde, den Angriff – radikal „heroisch" erwiderte – aber was hat er davon, daß ers bekannt ...*

Erschwert wird die Lage durch Hedwigs Familienverhältnisse. Kubin sieht seine Frau an dem Konflikt leiden, daß ihre Mutter eine *getaufte Jüdin war, wenn auch eine der edelsten. Der Rückfall in so barbarisches Denken verletzt ihr Gerechtigkeitsgefühl im tiefsten* ... Und sein eigenes, ließe sich fragen? Die Aufregungen sind ihm vor allem Ruhestörung in seiner Arbeit. Hedwig soll zur *Arierin* ernannt werden, schreibt er 1936 an Haesele ... *was diese aber ärgert ... mir ist auch dies gleichgültig, denn die Aussaugung bei dem 3. Reich gibt keine Hoffnung auf materielle Möglichkeiten.* 1939 wiederum läßt er sie wissen, daß es nach dem Anschluß *wieder wirtschaftlich so gut geht wie früher etwa vor 1933.*

Daß Hedwig geschont wurde, ist maßgeblich der klugen Diplomatie von Ernst August Freiherr von Mandelsloh zu danken: Als Leiter der Reichskammer der bildenden Künste im Gau Oberdonau hielt er seine schützende Hand über Zwickledt. Wie verfilzt und unberechenbar die politischen und privaten Verhältnisse dieser Zeit sind, zeigt Mandelslohs eigene Biographie: Er war selbst Künstler, hatte Ernst Jüngers „Heliopolis" illustriert, war illegaler Nationalsozialist, aber trotzdem gemeinsam mit dem Kommunisten Ernst Toller Mitglied des Künstlerkreises Zinkenbach im Innviertel.

Und im Doktorhaus: Wie hat Hans Haesele es mit sich vereinbart, radikaler Nationalsozialist und damit Antisemit zu sein und privat eine enge Freundschaft zu einer „Halbjüdin" zu pflegen, ihr, die ihn ihren *Schutzgeist* nannte, uneingeschränkt in medizinischen Fragen beizustehen und in seelischen Nöten Trost zuzusprechen? Wußte er später von Konzentrationslagern? Und was wußte Emmy?

In Kubins Klagen über die Entwicklung im Deutschen Reich mischt sich immer mehr Resignation. Er sei zu alt, es interessiere ihn alles nicht mehr. Er wolle nur noch ungestört arbeiten.

1939 veröffentlicht er bei Ulrich Riemerschmidt in Berlin den Erzählband „Vom Schreibtisch eines Zeichners". Die

22 Erzählungen, die zum Teil autobiographischen Hintergrund und literarisch nicht annähernd die Irritationskraft des Romans „Die andere Seite“ haben, ergänzt er durch 72 Zeichnungen. Die erste Auflage beträgt 5000 Stück, was die ungebrochene Popularität Kubins zeigt. Am Ende des Bandes faßt das „Fragment eines Weltbildes“ Kubins Lebensphilosophie zusammen.

Mir eignet ein Blick für das Elementar=Lebendige, dessen Treiben ich durchforsche, und so, gleichsam in Schlünde hineinschauend, schaffe, wo andere längst vor dem grauenhaften Glanz die Lider erschreckt senken. Meine Beziehungen zu Nacht, Dämmerung, Wald, Sumpf, zu Tieren, zu Leichen werden gänzlich verschieden sein von denen eines Philosophen, Sammlers, Bauern, Tagelöhners, einer alten Betschwester oder einer jungen Dirne. Man fände kein Ende hier beim Aufzählen; jeder findet, was ihm zukommt, seine Geburt, sein Glück, sein Unglück und sein Ende. Je eigenartiger, phantasievoller ein Mensch ist, desto ausgeprägter wird sich alles für ihn abspielen. Kurz: Schicksal ist alles! Daher bin ich Fatalist.

2

Ein Seil ist über das Land gespannt.
Hoch im Himmel hängt es.
Quer über den Himmel reicht es, nur lose verankert.
Auch die Verankerung verliert sich im Nichts.
Eine Figur balanciert auf dem Seil.
Es ist ein Harlekin.
Er ist groß und schlank.
Die Arme hat er weit von sich gestreckt, um die Balance zu finden.
Er hat keine Stange, nur sich selbst.

Konzentriert schaut er – oder ist es eine weibliche Figur? – aus dem Bild.

Tief unter ihm ist ein Haus mit einem charakteristischen Türmchen zu sehen.

Es ist das Haus, das sie nicht mehr betreten darf.

Nach der Rückkehr aus Zwickledt beginnt Emmy Haesele fieberhaft zu zeichnen. Das Seiltänzer-Bild ist mit Dezember 1936 datiert, Tuschfeder aquarelliert. Die Harlekinfigur wird ihr Wegweiser bleiben, ihr zweites Ich, eingebunden in den Lauf des Lebens, in die bedrohlichen Szenerien ihrer Bilder, ein kleiner, versteckter Beobachter, später auch Hoffnungsfigur.

In den drei Jahren bis zum Ausbruch des Krieges entsteht ein umfangreiches, vielschichtiges Werk. Bedrohung, Angst, Eingeschlossensein und Gewalt sind die Hauptthemen. Die Landschaften sind öde und unbehaust. Riesige Tiere bedrohen wehrlose, kleine Menschen, halten sie gefangen oder quälen sie. In vielen Zeichnungen spielt Haesele auf Kubin an. Er schneidet einer liegenden Frauengestalt die Brust auf, aus der ein Phönix entsteigt; als Don Quichote trabt er auf seinem Pferd in den Hintergrund, eine durchbohrte Gestalt in einem Distelfeld zurücklassend. Motive wie „Der Tod und das Mädchen" kehren wieder. Auf anderen Bildern sind Menschen als anonymes Gewimmel gezeichnet, verloren, um Hilfe schreiend, gefangen in einer kerkerartigen Architektur oder im Nichts. Haeseles Sensibilität spürt die Gewaltbereitschaft der Zeit, als ob sie visionär die kommenden Kriegsereignisse erahnte. In undefinierbarer Unterwelt lehnt der Tod als Frau über verzweifelten Menschengesichtern, als Mann geht er mit einem Gewehr auf Kinderjagd.

Haeseles Technik ist, wie ihr später von der Fachwelt attestiert werden wird, staunenswert verfeinert. Die intensive Auseinandersetzung mit Kunst, und speziell mit jener von Kubin, hat ihr Repertoire erweitert und ihre Mittel in Komposition und Bildgestaltung reifen lassen. Vom „Meister“ übernimmt sie die kontrastreiche Lichtgestaltung, die Aufteilung von Dunkel und gleißendem Licht, in das sie ihre Hauptfiguren stellt. Sie experimentiert mit neuen Mitteln, geht von der Verwendung von Buntstift zu neuen Kombinationen über, wie Feder-Aquarell oder Feder-Buntstift und reinen oder aquarellierten Tuschzeichnungen. In ihren feinen Schraffuren erreicht sie Virtuosität.

Ein *Elementarereignis* ist kein Ereignis, das sich erschöpft.

Es setzt sich fort.

Emmy setzt auf das Vergehen der Zeit.

Kubin hat ihr die Heirat versprochen für den Fall, daß er Witwer werden sollte. Sie kann nicht ahnen, daß sie nicht die einzige ist, der er dieses Versprechen gab.

Du Prüfstein meines Lebens
Du Dschungel meiner Träume
Du Lebensrad meiner Bilder
Du Sprengstoff meines Wähnens
Du Sumpf voll giftiger Tücke

Schon wenige Wochen nach dem Februar 1936 sieht man sie wieder Briefe schreiben. Es kann ja nicht zu Ende sein. Es kann ja nur ein Irrtum und ein Übergang sein. Auch der Postbote bringt wieder Rollen und Briefe mit der großen, schrägen Kurrentschrift in das Doktorhaus. Es ist wie zu Beginn ihrer Bekanntschaft – ein Gespräch über Kunst und die Lage der Welt. War das gemeint mit dem *status ante quo?* Es spielt sich ein.

Über Fragen der Kunst ist immer eine gute Verbindung zu Kubin möglich. Alle, die sich an ihn wenden, haben seit jeher Rat und Kritik erwarten können. Emmy schickt ihm ihre neuen Zeichnungen – Originale als Geschenk zum

Geburtstag oder zu Weihnachten, andere Originale nur zur Beurteilung, oder Fotografien ihrer jüngsten Arbeiten, die sie meist kommentiert. Mitunter bemüht sie sich um einen heiteren Ton. *Mit der Anatomie habe ich gewaltige Schwierigkeiten. Hans lacht oft darüber und gibt mir einen Wink diesbezüglich.*

Sie tut alles, um ihm zu zeigen, daß sie auch aus der Entfernung weiß, was er als Künstler braucht. Sie versucht sich unentbehrlich zu machen. Über ihren Schwiegersohn – Mesi hat inzwischen ihren früheren Hauslehrer und mittlerweile absolvierten Juristen Dr. Kurt Ludwiczek geheiratet – besorgt sie mehrere Bögen des wertvollen Katasterpapieres, das Kubin seit seiner Jugend durch den Beruf des Vaters als Landvermesser kennt und das seit je die bevorzugte Grundlage seiner Zeichnungen ist. Ludwiczek ist Sekretär des Bürgermeisters von Linz. Einen Monat nach Hitlers Einmarsch in Österreich hat er die Macht, das 150 Jahre alte Papier aus der Monarchie zu requirieren, 65 Bogen gehen an Kubin, 32 an Emmy Haesele.

Hinter den Kulissen arbeitet sie daran, Kubins Ansehen bei den Nazis zu heben. Sie bittet den völkisch-nationalen Erfolgsschriftsteller und Konjunkturritter Bruno Brehm, sich für Kubin anläßlich seines 60. Geburtstages im April 1937 stark zu machen. In seinem Antwortschreiben vom 8. Februar gibt Brehm ihr eine süffisante Abfuhr: *Sie überschätzen meine Wirkung. Man wird an jenen Stellen über den Geburtstag hinweggehen. Das hängt nicht mit der halbjüdischen Frau zusammen, das sitzt tiefer. Schande hin, Schande her. Ich weiß aus and. Fällen, daß dagegen nichts zu machen ist ... A. K. muß nicht verbittert sein. Er wird wissen, wieviel er vielen bedeutet. Seine Landsleute werden ihn nicht verleugnen. Aber es wird sich niemand darum kümmern, was seine Landsleute denken ... Ich habe meine Kubinbilder daheim und freue mich ihrer ... Ihr ergebener B. Brehm*

Auch Kubin bricht den Kontakt nicht ab. Schon bald nach der Trennung schreibt er aufmunternde Briefe mit altgewohnter Anrede, als ob nichts geschehen wäre: *Mein liebstes Z.U.W. Wieder bin ich tief erstaunt über das Viele, das Du vorweisen kannst; ... Ich betrachte die meisten Deiner Blätter unter dem Gesichtspunkt des graphisch dargestellten Inhalts Deines Innenlebens.* Auch er schickt Zeichnungen als Geschenk oder zur Ansicht, 1938 zum Beispiel den gesamten neuen „Totentanz", dem er diskret das Postskriptum anfügt, ob die Haeseles nicht ein Blatt davon kaufen wollten. Er antwortet auf Emmys technische Fragen, staunt über ihre *Ur-Begabung* und freut sich über ihre Fortschritte: *... Zeichne auch Du! Du erlernst vollkommen. Deine Art, der farbige Schimmer gehört dazu.* Er ist schmerzhaft betroffen, wenn er in ihren Zeichnungen *„Zwickledt"anklänge* entdeckt und nennt ihre Blätter *eine symbolische Ausdruckskunst, in der Grundanalyse meinem Ausdruck ganz verwandt. ... ich freue mich nur, wenn ich sehe, wie gut Du lavierst – und Farbigkeit, Buntheit mitnimmst. Sie schärft in den meisten Fällen den Charakter – gibt dafür einen sinnlich aufzunehmenden Reiz ... Ich kenne Dein Thema, und weiß, was da dahinter liegt und glaube gerne, daß es eine Stütze für Dich ist – es ist nicht die einzige –Du bist mit so viel Dingen an „die Welt" geschmiedet, die Dich interessiert ...*

Kubin selbst sieht sich auf dem Höhepunkt seiner Kunst. Ist sicher, daß er den großen Graphikern seiner Zeit, wie Liebermann, Corinth, Slevogt, Munch und Barlach, wie Ensor, Redon und Klinger, ebenbürtig ist. Kubins Briefe bis 1939 sind seitenlang, ausführlich und freundlich.

Die Nähe auf Distanz scheint ihm zu behagen.

Gutes Gespräch, keine Verwicklung.

Liebe Worte, keine Verpflichtung.

Die Pole ausgekostet, die Balance wiedergefunden.

Er ist schnell und ohne Zeichen des Verlustes zu seinem Alltag übergegangen. Das Gleichmaß, die Ruhe, das Werk. Wenige Tage nach Haeseles verstörter Abreise aus Zwickledt schreibt er an Hermann Hesse: *Ich schaffe, langsam, tastend, immer wieder hingegeben an den nie wirklich begreiflichen Formungsprozeß, der organisch wie das Leben flutet.*

Er schreibt aus Zwickledt oder aus dem Böhmerwald, aus Tusset und Kuschwarda. Manchmal fügt er kleine Dornen ein: *... möchte ich Hedwig gleich kommen lassen, da kann ich dann ein ruhiges 2-Bettzimmer noch für ein paar Schlußtage nehmen ...* Wen er sonst noch bei sich hat, verschweigt er. Manchmal schlägt er zu: *Ist's nun bald ein Jahr her, daß wir uns zuletzt sahen?? Dafür müssen wir ständig allen Instanzen dankbar ein frohes Gemüth bewahren ...*

Trag die Träume in den Fluß.

An der Falltür von Zwickledt stürzt die Hoffnung in den Tod.

Aus dem Jahr 1935, dem letzten vollen Jahr ihrer Verbindung, gibt es eine Tuschfederzeichnung Alfred Kubins, die ein Paar in großer Intimität zeigt: „Adam und Eva". Ein Symbol aller Liebenden? Und trägt „Das Phantom" aus demselben Jahr – eine nackte, schwarzhaarige Frau mit Flügelarmen kniet auf einem Schlafenden – Emmys Züge?

1937 zeichnet Kubin ein „Portrait Emmy Haesele". Sie hat ein Angebinde in ein Tuch gewickelt, wie die Frauen auf dem Land. Liebevoll neigt sie sich einer hell herausgehobenen alten Frau zu, deren Fingerzeig sie auf etwas aufmerksam macht. Die beiden Gestalten gehen eine fernöstlich anmutende Häuserzeile entlang, eine dunkle Figur rennt im Hintergrund, ein Vogelschwarm ist am Himmel. Die Zuneigung gilt keinem Mann.

1938 wählt Alfred Kubin Goldegg bei Schwarzach-St. Veit im Salzburgerland als Sommerfrische. Das Essen ist gut, die Luft ist gut, aber sonst ist es ihm zu touristisch, schreibt er an die Koeppels in Waldhäuser. Er sehnt sich nach der Stille des Böhmerwaldes.

Warum Goldegg, diese unkubin'sche Landschaft über dem Salzachtal? Weil es unweit von Unken liegt? Luftlinie ganz nah über das Gebirge hinweg, mit Bus und Zug gut zu erreichen. Ein naher, aber neutraler Boden für ein schnelles oder ein neues Glück? Nicht Zwickledt und nicht der Unkener Gasthof Post, nicht Tusset und nicht das Doktorhaus? Ein geheimes oder ein offizielles Treffen, ein Wagnis oder die Gefügigkeit nach überstandener Erschütterung?

Es gibt mehrere Fotografien von Emmy Haesele in Goldegg. In einem Dirndlkleid steht sie an einem Lattenzaun, vor einem Kirchenportal oder sonstwo im sommerlichen Dorf. Immer blickt sie in die Kamera, freundlich, aber etwas ausdruckslos, ihre schlanke Figur hat ein wenig an Fülle zugenommen. Will man glauben, was man sieht: eine nette Urlauberin mittleren Alters.

Es gibt eine Zeichnung von Alfred Kubin aus Goldegg.

Eine Frau im Dirndl steht auf einer Waldlichtung, eine Hütte im Hintergrund.

Fast eine biedere Kinderzeichnung.

Sie hat kein Geheimnis.

Nachschrift einer erkalteten Liebe.

Wenn der Vorhang fällt, beginnt das Passionsspiel.

Aber Hoffnung ist zäh. Schrieb er nicht: *Halte an dem Schwebenden so unsinnlich fest wie ich, dann formt sich alles für und für leichter bis zum Sieg auch äußerlich?* Seine Worte sind ihr *Leuchte in dunkler Nacht*.

Wie soll sie solchen Lockungen widerstehen?

Und schon beginnt sie wieder, ihn zu umkreisen.

Geht in weitem Bogen um sein Haus.

Geht die Hügel hinauf, die Hügel hinunter.

Am Tümpel vorbei, sie rasten im Lusthaus.
Sie sieht ihn in sein Arbeitszimmer gehen.
Sie denkt sich die Blätter aus, die er ihr zeigen soll.
Doré, Goya und Alphonse Legros.
Rudolph Bresin mit der Lupe.
Sie hört sich fragen und ihn erklären.
Sie hört, wie er sagen wird: *Du mein Komet.*
Und schon wirft sie ihren Stolz über die Sterne.

Emmy ist sofort bereit, den innigen früheren Ton wiederaufzunehmen, und ergänzt ihn mütterlich: *Mein innigst geliebtes Herzenskind! ... Ach, Herzenskind! Wir sind ja stärker als jede noch so düstere Wolke – vergiß das nie!!!*

So läßt sich die Trennung als Intrige von Tilly und der *metaphysisch und religiös so unbegabten Hedwig* darstellen. Emmy glaubt, das Sigel in der Hand zu haben: Kubins Briefe beginnen ja immer noch mit *M.l.Z.U.W.* Es ist die vertrauteste Anrede aus der Zeit, in der sie sein Zwillings-Ur-Weib, er ihr Zwillings-Ur-Mann war. Als solcher und als der Schimmelhengst unterschreibt er viele seiner Briefe noch bis Ende 1939: *Dein alter Z.U.M.; ... sei immer umarmt! Wie stets der alte Ali; ... Ich wünsche Dir ständiges Gleichgewicht. In Liebe immerdar Z.U.M. Ali.*

Überdauern Rituale die Leidenschaft?

Auch am 24. Dezember 1938 kommt ein Brief in das Doktorhaus.

Vielleicht steht der Christbaum schon im Wohnzimmer. Die Krippe ist mit Tannenzweigen geschmückt. Vor dem Jesuskindlein entzündet Emmy eine Kerze. In der Küche duftet es nach Zimtbäckerei. Ihren Haushaltspflichten kommt sie jetzt wieder nach wie früher. Die Gerstensuppe für abends steht bereit, die Rohrnudeln und das Hollerkoch sind vorbereitet, bis Mitternacht ist strenger Fasttag für Fleisch. Die Köchin hat sie schon heimgeschickt. Der

Scherenschleifer hat eben das Haus verlassen, alle Messer, Scheren und Arbeitsgeräte sind frisch geschliffen, die „Bachlschneid" ist besser und hält länger. Hans ist noch zu einer Entbindung nach Reith gerufen worden. Wenn alles gutginge, wollte er anschließend noch für eine Stunde zum Billardtreff auf Schloß Oberrain. Hoffentlich kommt – der Postbote ausgenommen – kein Besuch mehr vor Mittag, es würde Unglück und Tod für das kommende Jahr bedeuten. Noch mehr könnte sie nicht ertragen. In manchen Bauernstuben werden alle drei Rosenkränze gebetet, der Schmerzhafte, der Glorreiche und der Freudenreiche.

M.l.Z.U.W. –
Es ist ein Unsinn, wenn Du Dich in Sehnsucht plagst.
Möchtest Du „Verwirklichung" eines armseligen Beisammenseins mit einem alten Mann voller Peinlichkeiten –

3

Seit 5.45 Uhr Uhr wird zurückgeschossen.
Seit dem 1. September 1939 ist Krieg.

Am 26. August schreibt die Gendarmerie in Unken 37 Einberufungsbefehle aus. Heinz Haesele, gerade 22 Jahre alt, meldet sich freiwillig, er hätte Studienurlaub bekommen können. Hans Haesele, bald fünfzig, stellt sich sofort zur Verfügung und verläßt Unken. Mesi ist in Linz bei ihrem Mann.

Durch das Tal rollen die Militärtransporte.
Keine Böllerschüsse dröhnen vom Gseng.
Vom Kanonendonner an der polnischen Front erzählen die Soldaten.

Der Blitzsieg wird gefeiert.
Einer kommt ohne Bein nach Hause.
Beim Almabtrieb im September fehlen die jungen Männer.
Die Kühe sind nur spärlich bekränzt.
Das Doktorhaus ist leer geworden.
Am 23. September zeichnet Emmy Haesele einen Berg von Gefallenen.
Auf seiner Spitze eine Frau, die die Arme ausbreitet.
Schon ein Jahr zuvor hat sie den Tod in fescher Tracht auf Kinderjagd geschickt.

Der erste Schlag trifft den Schwiegersohn Heinz Ludwiczek. Anfang 1940 wird er von der Gestapo als „Volksschädling" verhaftet und angeklagt. 1948 schreibt Emmy Haesele an die Baronin von Thienen-Adlerflycht, eine gemeinsame Bekannte aus der Kubin-Zeit:

Sogar meine eigene Tochter, ganz jung verheiratet und in den ersten Monaten ihrer Schwangerschaft, wurde mitten in der Nacht von der Gestapo verschleppt, ohne daß man ihr sagte, warum. Sie wurde mit Fußtritten traktiert und dermaßen eingeschüchtert, daß sie sich wochenlang nicht traute, mir von der Verhaftung ihres Mannes zu schreiben. Als ich dann endlich davon erfuhr und sofort nach Linz zu ihr eilte (mein Mann und mein Sohn waren im Feld), war meine erste Reaktion, daß ich selbstverständlich sofort aus der Partei austreten wollte, aber meine Tochter meinte, ich würde die Lage ihres Mannes nur verschlimmern, niemandem nützen, nur auch noch meinem Mann schaden. Nach 7 Monaten Haft wurde mein Schwiegersohn freigesprochen (der Prozeß war bis zur höchsten Instanz nach Leipzig gebracht worden). Nach dem Freispruch wurde er sofort an die Front geschickt ...

Es war die russische Front. „Er war unschuldig", sagt Mesi, 94jährig im Rollstuhl des Altersheimes von Bad Leonfelden.

Emmy Haesele ist allein.

Im Dorf redet sie nun mit den Frauen, bleibt da stehen und dort, geht vielleicht auch einmal zur Sonntagsmesse. Sie fragt nach den Männern und Söhnen. Gibt unter der Hand Medikamente aus gegen Schmerzen. Sie bringt ihre Schuhe zum Flickschuster Josef Fuchs. Er flickt die Stiefel der Soldaten und die groben Nagelschuhe der alten Bauern. Neue gibt es bald nur mehr auf Bezugsschein. Das Triftwesen auf der Saalach und den Nebenbächen ist fast zur Gänze eingestellt, es gibt keine Holzknechte mehr.

Sie wartet auf Post.

Vor Weihnachten stürzt der Föhn vom Gebirge.

Er frißt den Schnee.

Die Tage sind blau und klar, in den Karen liegen Lawinen.

Dann kommt der Regen.

Dann beginnt es wieder zu schneien.

Emmy Haesele beobachtet, wie sich das Weiß in das Grünbraun der Wiesen saugt, wie das Schwarz der Erde noch schwärzer wird, bevor es verschwindet.

Sie wartet auf Post.

Am 30. Dezember 1939 sieht man sie an ihrem Arbeitstisch. Sie müht sich, es wird nichts daraus. Ein zerknülltes Blatt liegt auf dem Holzboden. Dann wartet sie. Geht durch das Haus. Wartet, bis sich innere Bilder formen und sie die Hand nur mehr führen muß, fast mechanisch. Sie sieht, daß es ein Gesicht wird, das das ganze Bild ausfüllt. Es ist ein hartes Gesicht, man kann nicht sagen, daß es friedlich ist. Die Augen des Mannes sind geschlossen. Zwei Käfer kriechen über die Wange. Die aquarellierte Tuschzeichnung trägt den Titel: „Vision vom Tod meines Sohnes".

Sie wartet auf Post.

Aus Zwickledt, ja, das auch.

Aber vor allem auf Feldpostbriefe.

Von ihrem Mann und von Heinzi, dem geliebten Sohn.

Er ist in Frankreich an der Front.

Er fällt als erster der Unkener Jugend am 5. Juni 1940 auf den Schlachtfeldern der Somme. An Alfred Kubin wird sie Jahre später schreiben:

Den Tod von Heinzi habe ich lange vorausgeahnt. Je näher der Zeitpunkt kam, desto grauenhafter wurde die Unruhe und ohnmächtige Verzweiflung, die sich meiner bemächtigte. Ich fing an, meine sämtlichen Schlafzimmermöbel neu zu streichen und zu lackieren, sowie sämtliche Fußböden, nur um diese Unruhe zu betäuben. Und am selben Tag, da er gefallen ist, ging ich in aller Frühe – es wird wohl um dieselbe Stunde gewesen sein, in welcher ihn seine Kameraden beerdigt haben – da ging ich auf die Post und ließ ihm 10 RM anweisen!! Wie namenlos grotesk!! Gleichsam der Obulus für den Charon. Aber von diesem Augenblick an war ich relativ ruhig ...

Erst nach mehr als drei Wochen kommt die Todesnachricht. Sie nennt es *Heldentod unseres einzigen, hoffnungsvollen, vielgeliebten Sohnes*. Sie nimmt Schlafpulver, das Erwachen ist namenlose Qual. Sie träumt von ihm. Zwei Mal gerät sie in einen *vollkommen anderen Zustand* und hat die Gewißheit, daß er wirklich dagewesen ist und sie mit ihm Kontakt gehabt hat. Er zeigt ihr die Stelle seiner Kopfverletzung, er bittet sie, nach Rußland ziehen zu dürfen. Später erfährt sie, daß die gesamte Kompanie von Frankreich nach Rußland verlegt wurde und in Stalingrad unterging. Haesele ist überzeugt, daß sich Seelen auch jenseits der Realität begegnen können.

An der Totenehrung für den „gefallenen Obersturmmann in einer SU-Standarte“ nimmt das ganze Dorf teil, NS-Funktionäre, HJ und BDM bilden das Spalier vor der Kirche. *Er war unser Stolz und unsere Freude.* Emmy Haesele wird alle

Feldpostbriefe, auch jene mit der Aufschrift „gefallen zurück an den Absender“, bis zu ihrer letzten Stunde aufbewahren.

Das Myzel des Todes.

Es wächst und setzt sich fest als Vorwurf und als Gefühl von Schuld. Hätte sie, obwohl es angesichts der allgemeinen Wehrpflicht sinnlos ist, das zu denken, verhindern können, daß Heinz sich freiwillig meldet? Hätte sie seinen Heil-Hitler-Enthusiasmus dämpfen können, wenn sie mehr zu Hause gewesen wäre? Wenn sie nicht am Inn gewesen wäre, selbst wenn sie zu Hause war? Wenn sie sich mehr um ihn gekümmert hätte und auch um seinen Vater? Um Hans, ihren Mann? Sie hat gar nicht bemerkt, daß er immer schlechter, angegriffener aussieht, und wird erst kurz vor Kriegsausbruch durch Hedwig und Tilly darauf aufmerksam gemacht, die fragen, ob er nicht einmal weniger arbeiten und sie nicht eine Vertretung organisieren könne, denn nur durch die Belastung durch die „heldenmütige Mission“ in Sachen Kubin wäre sein äußerer Verfall nicht zu erklären.

Durch Heinzis Tod wird sie durchlässiger, sieht sie, was neben ihr Tag für Tag geschieht. Im April 1943 schickt sie Kubin eine kleine Zeichnung ihres Enkels beim Friseur und Fotografien von Hans:

Du solltest hauptsächlich sehen, wie alt und müde Hans geworden ist, die Aufnahmen wurden Anfang Jänner gemacht, als er zuletzt auf Urlaub zu Hause war. Auf Hans kann ich wohl nach wie vor jederzeit bauen u. vertrauen – nie kam von ihm irgendeine Kränkung – bis auf das Eine – daß er mich seit August 1939 allein gelassen hat, aber das kann ich ja nicht ihm als Schuld anrechnen ...

Auf einer der Fotografien steht Hans Haesele fern der Kamera auf der abgeernteten Bauernwiese vor dem Doktorhaus. Er ist in Uniform, groß, sehr schlank, ist abgewandt. Verloren und allein. In seiner gebauchten, ledernen Doktortasche hatte viel Platz. Aber irgendwann war sie randvoll. Er war der große Arzt und der große Seelentröster. An dieser Größe ging er selbst zugrunde. Nur Hedwig gegenüber spricht er von seiner Bedrängnis, und nur sie hat seinen Heroismus und seinen Selbstbetrug durchschaut. Schon Ende 1935 schreibt sie:

Dass Du in Deinem Brief zum ersten Mal zugibst, dass auch Dir das Finden in diese Unabänderlichkeit schwer wird, hat mich Dir wieder um vieles näher gebracht. Ich konnte nie begreifen, dass Du mir gegenüber immer den Standpunkt vertreten hast, dass es bei Euch und zwischen Euch nie schöner war, als in den letzten beiden Jahren. Entweder, dachte ich mir, muss es vor dieser Sache nicht gut gestanden sein oder Ihr seid so ganz anders wie andere Menschen, dass mir das Verständnis dafür fehlt. Bist Du so kalt oder ein Heiliger, frug ich mich oft. Du kamst mir unmenschlich oder übermenschlich vor ...

Selbst nach dem Bruch mit Kubin, den Emmy als nur vorübergehend ansieht, kann er sie nicht zurückgewinnen – sie hält dem Geliebten in allen Belangen *die Treue*. Irgendwann ist alles Verständnis zu Ende. Im Vakuum seiner Ehe und im Bewußtsein, daß eine Leidenschaft erloschen ist, sucht er Erfüllung anderswo. Der Nationalsozialismus als Sammelbecken vieler Emotionen und als sozialpolitische Utopie ist eine davon. Als der Krieg ausbricht, wählt er nicht den Dienst in der Heimat, er meldet sich sofort an die Front. Verstärkt durch den Tod des Sohnes, dem Symbol der Zukunft, fällt schließlich alles Mannesmutige von ihm ab: Das Leben hat keinen Sinn mehr. *Dieser unerbittlich schwere Schlag hatte meinem Mann das Herz gebrochen*, so deutet es Emmy Haesele in ihrer „Gedenkschrift" zum Abschied von Unken Ende der vierziger Jahre. *Nie mehr ist seine Lebensfreuede seither wieder erwacht.*

Hans Haesele, zunächst Assistenzarzt in den Lazaretten der Schlachtfelder von Masuren und Frankreich, wird 1943 als Stabsarzt in einer Einheit der Gebirgssanität und schließlich auf dem Balkan eingesetzt. Emmy hat wieder einen Traum: *Geh nicht hinauf nach Belgrad.*

Emmy Haesele denkt an ihr Testament. 1943 will sie alles, was sie von Alfred Kubin an Bildern, Zeichnungen, Büchern und Mappen bekommen hat, ihrem Enkel Herbert, Mesis Sohn, vermachen, der bald drei Jahre alt wird und den sie liebt, vielleicht als Abbild eines anderen. Einen Teil der Briefe von Kubin entschließt sie sich, Kurt Otte anzuvertrauen, dem sie vor Jahren schon ihre Fotoserien, 91 ganze Filme, geschickt hat und der inzwischen in Hamburg das Kubin-Archiv bombensicher evakuiert hat. Daß er als einziger Außenstehender in die Liebesbeziehung zwischen Haesele und Kubin eingeweiht war, bedeutete für Emmy zunächst eine Irritation, wirkte im Laufe der Zeit aber vertrauensbildend.

Sie wissen, daß ich Briefe von A. K. besitze, eine große Anzahl, vielleicht sind es 400, ich weiß es nicht, aber 300 sind es bestimmt, zum Teil sehr umfangreiche, ausführliche Briefe, vielfach mit Beilagen von Federzeichnungen. Seine ganze Philosophie, sein ganzes Weltbild ist in diesen Briefen niedergelegt. Es ist mein Wunsch, daß diese Briefe einstmals dem Archiv einverleibt werden ...

Schon Anfang Oktober schickt sie das erste versiegelte Wertpaket mit 34 Briefen an Otte nach Hamburg ab, kurze Zeit darauf ein zweites mit vierzig Briefen. *... diese Briefe sind der größte Schatz, den ich besitze. Die Trennung fällt mir ungemein schwer, aber nachdem ich ja sonst so ziemlich die Brücken hinter mir abbreche, so wird es schon so richtig sein, daß ich sie Ihnen, beziehungsweise dem Bunker anvertraue.*

München wird bereits bombardiert, Haesele glaubt die Briefe durch Bombardements zerstört und kommt erst zur Ruhe, als Otte nach Wochen den Empfang bestätigt.

Ihr Leben ist aus den Fugen geraten.

Kubin eine Sehnsucht.

Der Sohn gefallen, der Mann an der Front, der Schwiegersohn ebenso.

Sie verfolgt die Todesmeldungen, sie sind am Gemeindeamt angeschlagen.

Der Pfarrer weiß nicht mehr, was er predigen soll.

Im Doktorhaus ist eine Ärztin, Dr. Irmtraud Vielkind, mit ihrem Kind als Vertreterin Hans Haeseles eingezogen, deren Mutter und Schwiegermutter sind ebenfalls ständig im Haus. Emmy ist auf wenige Räume zurückgedrängt, es gibt Streit, es entsteht Feindschaft. Anfang April 1943 schreibt sie an Kubin: *... Dantes Inferno seitdem, Schlag von einer Seite, von der ich am allerwenigsten etwas erwartet hatte ... teuflische Komödie.*

Sie kommt nicht mehr zurecht.

Immer schon dem Extrem zugeneigt, faßt Emmy Haesele einen gewaltsamen, grotesken Entschluß. Sie sucht eine Art „Gottesurteil“: Er oder ich. Hans oder sie selbst – wer wird überleben? Mit fast fünfzig Jahren meldet sie sich freiwillig zum Kriegsdienst. Kurz nachdem sie die Kubin-Briefe nach Hamburg abgeschickt hat, läßt sie sich in Rosenheim zur Flakwaffenhelferin ausbilden. An Otte schreibt sie Ende Oktober 1943:

Morgen sind es zwei Wochen, daß ich hier bin – es ist wirklich so, daß man das Gefühl hat, alle Brücken hinter sich abgebrochen zu haben u. ein vollkommen neues Leben begonnen zu haben. Ein „Ich“ gibt es nicht mehr ... Der Zweck unseres Hierseins ist, daß wir als so genannte Flakwaffenhelferinnen ausgebildet werden, um selbständig Scheinwerfer und

Horchgeräte bedienen zu können. Die Verordnung lautet, daß wir wie Soldaten auszubilden und zu behandeln sind … Trotz allem kann ich Ihnen sagen, daß ich wahrhaft glücklich bin – dieses Untertauchen in das „Wir“ – das Ich ganz ausschalten – jetzt erst verstehe ich ganz meinen Sohn, der so begeistert Soldat war! Sind Sie schon jemals in einer Marschkolonne marschiert? Es ist ein unbeschreibliches Gefühl: ein Teil dieses Ganzen zu sein!

Welch eine Verwandlung! Aus der jugendlichen Rebellin, der Freidenkerin der zwanziger Jahre, der mondänen, emanzipierten Frau im Dorf, der bedingungslos Liebenden gegen alle Konventionen, ist eine Frau geworden, die gehorchen will und die es als neues Glück erlebt, im *Wir* aufzugehen. Alle sind im Krieg, auch sie will Teil dieses Krieges sein. Eine Entscheidung auf Leben und Tod, gefällt vor dem Hintergrund ihres unerträglich gewordenen Lebens zwischen allen Fronten. Ein Entschluß mit der Brechstange, der zudem zeigt, wie tief Hitlers Propaganda von Tat, Opfer und Verteidigung der Heimat auch in ihr wirkte. Sie informiert zunächst nur Mesi über ihren Schritt, nicht einmal ihren Mann. Fragt sich allerdings bange: *Was wird Alfred sagen, wenn er davon erfährt?*

Jetzt nimmt sie als K5 feindliche Bomber ins Visier, steht nachts Wache, das Gewehr in der Hand. Sie erlebt, wie es ist, *wenn plötzlich die Tiefflieger erscheinen und ihre tödlichen Maschinengewehrgarben über die Menschen ausstreuen.* Teil einer tödlichen Diktatur ist sie jetzt selbst, freiwillig.

Emmy Haeseles Einsatzort liegt in der Nähe von Münster. Für einen Tag besucht sie Kurt Otte in Hamburg und sieht die Ruinen der zerbombten Stadt.

Keine Leichtigkeit ist in ihrem Leben.

Aber Suche und Versuche.

Im August 1944 beantragen Emmy und Hans Haesele Heimaturlaub. Hatten sie Sehnsucht nacheinander? *Liebste, Liebstes, Liebes Kindlein ... ich freu mich jeden Tag auf die Zeit, die ich bei Dir sein kann ...ich bin so froh, daß Du in Sicherheit bist ... Dich umarmend in aller Liebe, Heil Hitler, Dein Hans.* Sie verbringen vier Wochen in Unken, die sie selbst als *glückliche* bezeichnen. Ist etwas entstanden, das weiterreichen könnte als das Ende dieses Sommers? Sie haben das Sterben gesehen, sie sind selbst bereit dazu. Aber die Stunde hat ihr Kleid in leuchtendes Rot getaucht.

Im September ist sie wieder in Münster.

Der Tod, der sich mit Hitlers Gesicht maskiert, ist nicht wählerisch.

Kurt Ludwiczek fällt an der Schwarzmeerfront einem russischen Fliegerangriff zum Opfer. Emmy Haesele rüstet am 1. Oktober ab und kehrt nach Unken zurück, um der Tochter beizustehen. Sie rät ihr, einen Beruf zu erlernen. Mesi entscheidet sich für die Hebammenschule in Salzburg und setzt damit die medizinische Tradition der Familie fort. Emmy übernimmt den kleinen Herbert.

Die Saalach fließt.

Der Erntedank fällt aus.

Die Alpen sind keine Festung.

4

Unken liegt leblos unter dem Achberg, dem Gseng und dem Rabenhorn.

Der Kramerwirt braucht wenig Bier.

Für Lebensmittel gibt es Bezugsscheine.

Die Bemessung wird immer knapper, viele Familien hungern. Die Kontrollorgane des Reichsnährstandes verhängen hohe Strafen für Schwarzschlachtungen und bei Nichterfüllung der Liefermengen für Milch, Butter und alle anderen landwirtschaftlichen Produkte. Die Strafen können bis zu Gefängnis und Konzentrationslager reichen. Der Schuster macht nur mehr Schuhe mit Holzsohle. In Saalfelden verhaftet die Gestapo den Eisenbahner Kurt Reinthaler. Er hat Hitlers Angriffskriege offen kritisiert und internationale Zeitschriften verteilt. Überall auf den Bauernhöfen fehlen die Männer, die Väter, Brüder und Söhne. Jetzt werden alle draußen an der Front gebraucht, an der Wolga, am Atlantik, in Afrika.

Vielen Höfen werden zwangsverpflichtete Kriegsgefangene und „Ostarbeiter" zugeteilt. Im Badhaus und den ehemaligen Stallungen und Heulagern der Poststation wird ein Gefangenenlager eingerichtet. Die Chronik berichtet von 20 Ukrainern, 23 polnischen und 23 russischen Zivilarbeitern und 30 serbischen Kriegsgefangenen. Es sind Frauen und Mädchen darunter. An der linken Brustseite müssen sie als besonderes Kennzeichen entweder das große P für Polen tragen oder die Aufschrift „Ost". Alle haben Ausgehverbot. Die Fenster der Schlafkammern müssen vergittert und die Türen abends versperrt werden.

Einige Zwangsverpflichtete – manche sind erst sechzehn, siebzehn Jahre alt – treffen es besser und werden fast wie Familienmitglieder aufgenommen. Das geschieht meist nur auf den weit entlegenen Höfen, wo die Kontrollore nicht so oft vorbeikommen. Einmal ist beim Geistlerbauern in Gföll ein Hoagascht, die Bauern und die Söhne, die auf Heimaturlaub sind, und jene, die einrücken müssen, will man feiern, es wird musiziert und es gibt Germküachö und Most. Serben, Ukrainer und Polen der umliegenden Höfe sind mit dabei. Auf der Forststraße durch das Unkenbachtal sind ein Kontrollor und der Polizist Höller unterwegs. Nach der „Engstube" müssen sie den steilen Fußweg ins Gföll nehmen.

Der Kontrollor hätte ein Einsehen gehabt, heißt es später. Aber Höller ist ein fanatischer Regimetreuer. Der Geistlerbauer Johann Schmuck wird verhaftet und zu einer Gefängnisstrafe verurteilt. Er ist ein reicher Bauer und kann sich einen Anwalt leisten, einen Wiener, der im Heutal ein Wochenendhaus besitzt. Nach sechs Wochen kommt der Geistler frei. Das Honorar ist ein lebender Ziegenbock. Sein Zellennachbar kommt nach Dachau.

Angst geht um. Auf der Liste der Gefallenen stehen neue Namen. Rotkreuztransporte bringen die Krüppel heim. Man hört von Niederlagen. Geredet wird nicht viel im Dorf, man muß vorsichtig sein. Es ist vorgekommen, daß ein Sohn seine eigene Mutter denunziert hat. Das Gerücht kommt auf, daß ein Flüchtling im Pfarrhaus war für eine Nacht, einer aus Mauthausen. Was dort geschehen soll, spricht man lieber nicht aus.

Auf dem Hölzlfeld wird eine Flak-Station eingerichtet. Seit Juni 1944 donnern schwere Bombergeschwader mit infernalischem Lärm über das enge Saalachtal, das das Echo zurückwirft und wie in einer Schale lange bewahrt. Mit Beginn der Bombenangriffe auf Städte und Zivilbevölkerung strömen Flüchtlingstrecks von allen Seiten in das Tal. Bürgermeister Blasius Herbst läßt zur „Wohnraumlenkung für bevorzugte Kreise“ zehn Behelfsheime errichten.

Emmy Haesele ist mit einem Rucksack unterwegs. Es ist früher Morgen. Der Weg hinauf zur Alm ist ihr vertraut seit vielen Jahren. Der Bergahorn steht in leuchtendem Gelb. Das Johanniskraut ist verblüht. Die Preiselbeeren längst geerntet. Die eingezäunte Wiese um die Hütte ist verwildert. Emmy hat sich den Schlüssel erbeten. Nach einer Weile sieht man sie wieder absperren.

Jahre später wird sie berichten, daß sie die ihr so kostbaren Zeichnungen, die Alfred Kubin seinen Liebesbriefen aus den Jahren 1933 bis 1936 beigelegt hat, die noch vorhandenen Briefe und manche Blätter, die sie und ihr Mann in der Wiener Albertina und in den Galerien Welz in Salzburg und Günther Franke in München erworben haben, in einer einsamen Berghütte versteckt und in Sicherheit gebracht hat.

Wer holt die Worte aus der Tiefe der Geschichte: „Held" und „Tod"?

Der Tod trägt ein schwarzes Lippenbärtchen.

Er kennt keine Gnade.

Am Abend von Allerheiligen 1944 erhält Emmy Haesele einen Anruf.

Es ist Oberleutnant Möst.

Er teilt ihr mit, daß Hans Haesele seit dem 11. Oktober vermißt ist.

In der Gegend von Kragujevac und Cuprija auf dem Balkan.

Es muß mit Sicherheit angenommen werden, daß er tot ist.

Zwischen Weihnachten und Neujahr schreibt Emmy Haesele an Kurt Otte, der zum wichtigsten Gesprächspartner, ja Vertrauten der kommenden Jahrzehnte wird:

Ich konnte mir so ungefähr ein Bild von der Lage machen, in der er sich befand – aber nie im Entferntesten hatte ich an einen schlechten Ausgang gedacht. Er war mir so selbstverständlich Schutz und Stütze seit fast 30 Jahren in allen oft verworrenen Lebenslagen, er war so selbstverständlich ein Teil von mir selbst, daß ich ihn überhaupt nicht wegdenken konnte aus meinem Leben. Und nun hat er mich allein gelassen. Den vollen Umfang, was das bedeutet, gelingt mir ja noch gar nicht zu erfassen. Und doch – man kennt sich ja in der eigenen Seele nicht aus – hat mich dieser Schicksalsschlag nicht so ins Mark getroffen wie vor 4 Jahren die Nachricht vom Heldentod unseres Sohnes. Es mag wohl dieses sein: daß mit unserem Sohn unsere „Zukunft" gestorben ist, die Unsterb-

lichkeit im Irdischen, während ich meinen Mann so sehr als einen Teil von mir selbst empfinde, daß es ist als wären wir noch verbunden, unsichtbar.

5

Chaos im Saalachtal.

Von den Berchtesgadener SS-Kasernen und den Bunkeranlagen von Hitlers Obersalzberg her strömen deutsche Kampfverbände zurück, auf der Flucht vor den anrückenden amerikanischen Einheiten. Sie führen schwere Waffen und Kriegsgerät mit sich. Andere Heeresverbände kommen vom Chiemsee, von Salzburg, von überall, alles ist in Auflösung, will in den vermeintlich letzten Rest von Sicherheit, in die „Alpenfestung“. Kein Durchkkommen mehr auf der schmalen, einzigen Straße und der Lukasbrücke, auch die Nebentäler sind verstopft. Tausende Flüchtlinge suchen Schutz, Essen und ein Dach über dem Kopf. Es kommt zu Gewalt- und Verzweiflungstaten. Ein paar versprengte Männer der Waffen-SS organisieren in Melleck einen sinnlosen Widerstand, am 4. und 5. Mai wird noch gekämpft. Auf Schloß Oberrain stoßen einige betrunkene SSler noch auf den Endsieg an.

Junge Frauen und Mädchen suchen sich in Sicherheit zu bringen. Die Bäuerin vom Ennsmannshof bricht mit ihren vier Töchtern, der Doktor-Mesi und dem Pfarrer, der die Monstranz eingepackt hat, auf die Ennsmannsalm auf. Emmy bleibt mit dem kleinen Herbert im Tal. Als die Gruppe zur Hütte kommt, finden sie sie von SS-Offizieren, die vom Obersalzberg geflüchtet sind, besetzt. Die Soldaten behandeln die Frauen gut, den Pfarrer sperren sie in eine Kammer. Später wird man sich im Dorf wilde Geschichten erzählen: Haben die da oben Görings diamantenbesetzten Marschallsstab mitgehabt? Oder nur Orden? Oder Gold?

Am 5. Mai marschiert die 42. US-Infanterie-Division in Unken ein. Noch heute ist am Steinpaß ihr Zeichen zu sehen: „Rainbow" der Hoffnung. Die Division bezieht das Schloß Oberrain, die Wiesen und Felder davor müssen von den Unkenern mit Grobschotter aus dem Marmorsteinbruch von Hallenstein für Fuhrpark und Artillerie befestigt werden. Die Naziführer des Ortes werden verhaftet, die Gegner wieder in ihre Ämter eingesetzt.

Entsetzen, Erleichterung, Unsicherheit, Angst. Es kommt zu Übergriffen und Racheaktionen. Der große Stadel am Oberrainfeld brennt. Mit ihm das Bargeld, das ein Vater für seine fünf Söhne für den Tag versteckt hat, an dem sie zurückkommen würden. Keiner ist heimgekehrt. Waren es freigekommene Zwangsarbeiter, die den Brand legten? Die Amerikaner hindern die Feuerwehr am Löschen. Zwei weitere Höfe brennen. Die beiden eben heimgekehrten Soderbauernsöhne – war einer nicht Aufseher in einem KZ? – werden von US-Soldaten und polnischen Kriegsgefangenen abgeholt, sie werden nie wieder gesehen. Der Reitermühl Jogg wird von einem amerikanischen Soldaten erschossen, ein anderer erschießt in nächtlicher Verwechslung den Komponisten Anton von Webern in Mittersill. Am Saalachufer hinter dem Buchmayrhaus brennen unter US-Aufsicht eine Woche lang Bücher und Schriften mit nationalsozialistischem Gedankengut.

Es fehlt Saatgut für eine neue Ernte. Über die Grenzen wird geschmuggelt. Der Schwarzmarkt blüht. Mehl kostet Ende 1945 das 188fache, Zucker das 390fache, Schmalz das 463fache der amtlichen Preise.

Emmy Haesele hält ganz still.

Der Sohn tot, der Schwiegersohn tot, der Mann vermißt.

Mesi kommt selten, sie ist in Salzburg in der Hebammenschule.

Emmy hat nur den kleinen Herbert, er ist jetzt fünf, er ist ihr Liebling.

Zeichnen tut sie nicht.

Sie wartet.

Wartet auf Post.

Wartet auf Hans.

Hätte sie ihm nur früher ihre Verbundenheit gezeigt.

Im Haus wartet die neue Ärztin Dr. Irmtraud Vielkind darauf, daß sie Praxis und Doktorhaus zur Gänze übernehmen kann. Die Gemeinde setzt jedoch eine Kriegerwitwe mit Kind und eine, deren Mann vermißt ist, nicht auf die Straße.

Auf Waffenbesitz steht die Todesstrafe. Laut Verordnung der Siegermächte müssen alle Waffen ausnahmslos abgeliefert werden. Aber im Stadel, der zur Landwirtschaft des Doktorhauses gehört, im trockenen Boden unter den Sägespänen, liegen immer noch Gewehre. Sie sind gut verborgen. Die einen gehören Haesele, die anderen Vielkind. Es war nicht unüblich, viele hatten damals noch Waffen, und viele haben sie versteckt.

Kurz darauf wird Emmy Haesele verhaftet.

Amerikanische und einheimische Sicherheitskräfte haben nur mehr Haeseles Waffen gefunden.

Es ist ein kalter, grauer Morgen, als Emmy und Mesi in einem Jeep nach Zell am See gebracht werden. Von einem mittleren Militärgericht wird Emmy Haesele wegen illegalen Waffenbesitzes und „Unterstützung eines Angehörigen der ehemaligen deutschen Wehrmacht" zunächst mit der Todesstrafe bedroht, dann zu einem Jahr Gefängnis verurteilt, Mesi Ludwiczek als Mitwisserin zu einem halben Jahr. Was mit dem Kind geschieht, bleibt ungewiß. Schließlich erbarmt sich Helene Wohlschlager und nimmt Herbert zu sich. Sie hatte Mitleid, und sie war dankbar: Vor Jahren war sie im Doktorhaus als Köchin in Dienst genommen worden, obwohl sie ein uneheliches Kind mitbrachte. Inzwischen ist sie mit Rupert Herbst verheiratet, auch er nimmt sich des kleinen Herbert an. Emmy Haesele wird es ihnen, wie sie in ihrer „Denkschrift" festhält, *nie vergessen und ihnen zeitlebens zu Dank verpflichtet bleiben.*

6

Zelle 88 ist eine Einzelzelle.

Jetzt müssen sich vier bis fünf Inhaftierte die Zelle teilen.

Sie ist finster, stinkend und verwanzt.

Die Fenster sind trotz wochenlangen Regens und Nässe Tag und Nacht offen.

August 1945. Gefangenenhaus des Landesgerichtes Salzburg.

Emmy Haesele und Mesi sind nach ihrer Verhandlung und Verurteilung in Zell am See in den Frauentrakt eingeliefert worden. Sie werden dem Gefängnisdirektor vorgeführt. Emmy erbittet sich die Erlaubnis, ihre „Lebenserinnerungen" schreiben zu dürfen. Der Bitte wird mit Einschränkungen stattgegeben: Das Geschriebene wird kontrolliert, die Papierblätter des Schreibheftes werden gezählt, und mit dem Bleistift darf kein Mißbrauch betrieben werden. So werden die Erinnerungen an die Kindheit ausführlich, die Notate über das Gefängnisleben spärlich, möglicherweise später etwas ergänzt – dennoch Stein im Mosaik einer Lebenszeit.

Die große Geschichte im kleinen Leben.

Nachts liegen Emmy und Mesi gemeinsam auf dem ihnen zugeteilten Strohsack. Der Steinboden ist eiskalt. ... *aber immer, immer müssen wir uns daran erinnern, daß unsere Soldaten im Feld und in der Gefangenschaft noch Ärgeres aus-*

halten mußten und müssen. Jeden Tag von neuem den unbedingten Willen fassen, dies alles gut durchzustehen!!

Durch das Fenster dringt das Weinen eines „Zuwachses". *Wir abgebrühten Sträflinge haben dafür nur ein mitleidiges Lächeln.* Die beiden Frauen stricken, wenn sie nicht Außendienst haben. Für eine Jacke bekommen sie 1,20 Schilling. Eine Zeitung wird aus der Nebenzelle hereingeschmuggelt, sie ist alt, aber dennoch Zeichen des Lebens von draußen. *Am 11. Oktober war Jahrestag, daß Hans vermißt ist. An diesem Tag war ich durch Fieber und schmerzhaftes Gedenken besonders elend.*

Emmy Haesele erkrankt häufig: Angina, Brechdurchfall, Schwächezustände. Mitte Oktober wird es strahlend schön, Mutter und Tochter gehen in die Gefängniskirche, sie haben Sehnsucht nach Musik und Feiertäglichem, sie singen im Chor, der Priester *hat leider gar nicht erfaßt, daß Gott ihm hier ein ganz besonderes Amt übertragen hat und daß er mit einigem Geschick oder mit etwas Liebe eine Menge reuiger Sünder und aufnahmebereiter Seelen erwecken könnte. Ob die Kirche fähig ist, die große Chance, die sie durch unsere militärische und politische Niederlage derzeit wieder in Händen hält, sinngemäß auszuwirken? Ich bezweifle es.*

Hanna Reitsch, die legendäre Fliegerin, Forschungs- und Testpilotin von Kampfflugzeugen, die einzige Frau, die vom Führer mit dem EK I ausgezeichnet wurde, die erste Frau, die Hubschrauber, Raketenflugzeuge und Jets geflogen ist, die in einem Husarenstück noch in den letzten Kriegstagen im bombenbelegten Berlin landet, um Hitler aus seinem Bunker zu befreien und ihn auszufliegen: Hanna Reitsch war für alle ehemaligen Nationalsozialisten Symbol von Kühnheit, Pflichterfüllung und Treue, für die Alliierten umworbene Frau von sensationellem Können, die sie für sich gewinnen wollen.

Für Emmy Haesele war die kurze Begegnung eine tiefe Erschütterung, ein, wie sie sagt, Erkennen zweier Seelen mit einem einzigen Blick. Nur beim Morgenrundgang im Gefängnishof können sie miteinander reden. Was Reitsch erzählt, wagt sie nicht wiederzugeben, vielleicht fürchtet sie die Zensur. Haesele notiert nur: *Ich bin von dem großen und unendlich warmen Herzen, von ihrer ganzen Persönlichkeit, von der klaren und einfachen Seele restlos hingerissen.* Am folgenden Tag wird Reitsch bereits verlegt. Als Gruß schickt sie ihrer Gesprächspartnerin durch die Frau Hauptwachtmeister ein Brot. *Mit inniger Dankbarkeit werde ich zeitlebens an sie wie an eine wunderbare Lichtgestalt denken. Wenn jemand wissen will, wie Jeanne d'Arc ausgesehen hat, dem werde ich sagen: vielleicht wie ein schwaches Abbild von Hanna Reitsch.*

Was hat Hanna Reitsch, die Parade-NS-Pilotin, der kritiklos hingerissenen Emmy Haesele erzählt? Von den letzten Bunkertagen ihres Idols Adolf Hitler? Oder vom Selbstmord ihres Vaters, der ganz nahe, im Schloß Leopoldskron, aus dem die Nazis Max Reinhardt vertrieben hatten, nach dem Muster von Goebbels seine Frau, seine jüngere Tochter, deren drei Kinder und sich selbst erschoß?

In den Memoiren von Hanna Reitsch ist nachzulesen: daß ihr in der Zelle 93 im Salzburger Gefangenenhaus andere Mitgefangene über die Klomuschel bewundernde Worte zuflüsterten, ihr ehemalige BDM-Führerinnen, die Küchendienst hatten, ein Brieflein in eine Kartoffel steckten, und daß sie mit ihren Fingernägeln Gedichte in die Wände kratzte. Es ist zu lesen, daß sie niemals ein Wort der Kritik dem Nationalsozialismus oder Hitler gegenüber äußerte. Daß sie sich bis in ihr hohes Alter weigerte, den Führer als Verbrecher zu bezeichnen. Daß ihr Tun nur Pflicht und Kameradschaft war. Daß sie sagte, ein unpolitischer Mensch zu sein.

In den Geschichtsbüchern ist nachzulesen: daß die Amerikaner Hanna Reitsch das Paradies versprachen, wenn sie in die USA käme. Daß Wernher von Braun sie zu überreden versuchte. Daß sie ablehnte. Und welche Weltrekorde auf welchen Typen von Fluggeräten sie später noch aufstellte.

In den Erinnerungen von Johanna Wirrer, damals Gärtnerlehrling in Schloß Leopoldskron, aufgezeichnet und selbst verlegt von Maria Singer, ist nachzulesen: daß die Schwester von Hanna Reitsch mit ihren drei Kindern zusammengedrängt in einem Bett des Schlosses erschossen aufgefunden wurde und die blutigen Laken noch Tage später auf dem Balkon für Entsetzen sorgten; daß sich die Mutter offensichtlich vor dem Wahnsinn ihres Mannes retten und sich im Keller verstecken wollte, und daß ihr Mann sie dort aufstöberte und ebenfalls erschoß. Daß er sogar die flüchtende Köchin der Familie Reitsch, Anna Förg, im Schloßpark verfolgte und auch sie erschoß, und daß ein nachts zurückkehrender Gärtnergeselle über ihren Leichnam beim Glashaus stolperte. Alle wurden in einem Massengrab, das in Eile für die unzähligen Selbstmörder und deren Opfer auf dem Kommunalfriedhof ausgehoben worden war, begraben.

Auch Haft hat ihre Alltäglichkeit.

Die Wassersuppe, die angebrannte Suppe, die „Kalteneggersuppe“ aus alten, stinkenden Knochen. Der Rundgang im Hof.

Sie träumt. In den Traumbildern sucht sie, den kleinen Herbert auf dem Arm, die Verstorbenen. In einem der Träume findet sie Hans, sie fleht ihn an zurückzukommen. Er schüttelt den Kopf und sagt lächelnd: *Ich komme nicht wieder*.

Emmy zählt die Monate, die Tage, bis zuerst Mesi und später sie selbst frei sein werden. Sie ist abgemagert, in der Zelle wird sie Mahatma Ghandi genannt. Sie muß zur

Durchleuchtung. Es wird ein Fest: Unter Aufsicht geht sie quer durch die Stadt ins Landeskrankenhaus.

Es war ein herrlicher sonniger Tag mit ausgeprägter Föhnstimmung. Ein Farbenrausch sondergleichen überfiel mich schon gleich nach Verlassen der Gefängnispforte. Die kalkweiß getünchten Zellenwände, die grauen Mauern des Gefängnishofes entwöhnen die Augen jeglicher Farbvorstellung. Ich hatte vorher nie geahnt, was für eine rauschende Symphonie von Farben schon allein in den Straßen herrschen könne. Insbesondere konnte ich mich an den Ruinen in der Quaigasse kaum satt sehen. Die Ruinen schon grün überwuchert, die Mauerreste, die darüber emporragen, schimmern und leuchten in allen Farben, höher darüber die Wände des Festungsberges mit gelben Bäumen durchsetzt und darüber der tiefblaue Himmel.

Das Ergebnis der Durchleuchtung ist beruhigend. Keine Tbc. Zum Abschied schenkt ihr die alte Klosterschwester in der Schreibstube ein Stück Brot. Tränen über dieses Almosen, das Mitgefühl.

Auch am Allerheiligentag 1945 ist es noch mild und warm.

Es ist ein Jahr her, daß sie verständigt wurde, daß Hans als vermißt gilt. „Vermißt" – welch grausame Worte die Sprache erfindet und das Leben verwirklicht: vermißt. Nicht heimgekehrt, nicht lebendig, nicht tot, und wo und wann und wie und warum und warum er? Die Fragen kreisen im Kopf, sie graben sich in Emmys Herz. Sie hat es herausgefordert, damals, als sie sich zur Flak meldete. Er oder ich. Und jetzt: er? Warum nicht ich, es war doch meine Schuld, es war ich, die – – Hans, Lieber – – Wie lange hat sie das schon nicht gedacht, nicht zusammengedacht?

Emmy ist so abgemagert, daß der amerikanische Arzt sich Alter, Dauer der Haft und Gewichtsabnahme notiert. Sie wird schon um die Lebensmittelzubußen beneidet, aber es bleibt beim alten. Mitte November kommt sie in die „Krätzenzelle“ zur Schmierkur: *kein Wunder, die Decken werden nie desinfiziert. Das sind die gräßlichsten Zugaben zur Beraubung der Freiheit: Wanzen, Kopf- und Kleiderläuse, Krätze und so weiter.* Im Dezember wird die Zelle 88 vergast, um die Wanzen zu vernichten.

Es kann auch gut sein, sich zu erinnern.

Eine Gefängniszelle mit Kindheit zu füllen, ist tröstend. Selbst wenn die frühe Fremdheit wiederkehrt und die Träume der Angst aus dem Dunkel tauchen: das Eingeschlossensein im *braunen Salz* und die Ausgesetztheit auf dem Felsen inmitten eines Weltenmeeres. Aber das liegt weit zurück, es ist nicht die quälende Bedrängnis der jüngsten Jahre. Das Notieren ist ein Zeichnen mit anderen Mitteln, ein Objektivieren, das sie bei C. G. Jung gelernt hat.

Schreibend holt Emmy Haesele Bilder, Szenen und Orte eines fernen anderen Lebens, das doch das eigene war, in die Beklommenheit der Gegenwart, die Schauplätze und Menschen der Kindheit: die Frauensteingasse in Mödling, die Heumühlgasse in Wien und den Geruch der vielzimmrigen Wohnung; die Eltern, Geschwister und Kindermädchen, das von Doré illustrierte Märchenbuch im Salon des Großvaters. Den magischen Garten im Hinterhof, die lichtdurchfluteten Sommer in Pörtschach. Grado und wie sie das erste Mal das Meer sah, im Sand spielte und eine junge Schwalbe als Gefährtin hatte, als sie krank war. Den ersten Heuboden, den ersten Kuhstall in Mieders im Stubaital. Und wie sie mit Poldi, dem Kindermädchen, in die Innsbrucker Hofkirche ging, um für Andreas Hofer zu beten: *Es war das erste Mal, daß ich, ein evangelisch getauftes Kind, im katholischen Österreich in eine katholische Kirche kam. Der Eindruck war ein ungeheurer: der Weihrauchduft, die vielen Kerzen, die andächtige Stille der knienden Menschen, das Sprechen im Flüsterton und das Gehen auf den Fußspitzen.*

Auch im Gefängnis gibt es besondere Stimmungen. *Am klaren Nachthimmel leuchtet der Vollmond, wir haben das Fenster offen, denn aus dem Fenster der Zelle unter uns singt ein serbischer Offizier Nationallieder mit wundervoller weicher Stimme. Er bringt Wilma ein Ständchen. Es gibt sogar hier Romantik.*

In die Zelle kommen Neue, auch eine Mörderin ist darunter. Haesele läßt sich ihre Geschichte erzählen, sie hat viel verstehen gelernt. Sie wird den Kontakt über viele Jahre hin aufrechthalten und sie noch in späteren Gefängnissen besuchen.

Der November vergeht, der Dezember kommt. Es wird von Amnestie gesprochen. Hoffnung springt von Zelle zu Zelle, unerträgliche Spannung. Mesi, die im Monturmagazin der Polizei arbeitet und deren Entlassungstag der 29. Dezember wäre, soll noch vor Weihnachten nach Hause dürfen zu ihrem Kind. Sie schnürt ihr Bündel, Mutter und Tochter besprechen alles Wichtige, *obwohl wir ja noch gar keine Zukunftspläne machen können.* Dann kommt das Gerücht, daß die Amnestie sogar ausgedehnt würde. Die ganze Nacht wird geflüstert, überall große Nervosität, morgens öffnen sich die Zellentüren: ihre ist nicht dabei. Diejenigen, die wegen Waffenbesitzes verurteilt waren, müssen bleiben. Grenzenlose Enttäuschung, *sadistische Tortur* nach großer Erwartung.

Am 24. Dezember bekommen sie kleine Pakete von Freunden und Verwandten. ... *was Freunde in der Not bedeuten und wie wenig sich in solcher Zeit bewähren, das haben wir erkennen gelernt, aber besser ist ein einziger Freund in der Not, als tausend in der Zeit des Glückes!* Die Zelle wird weihnachtlich geschmückt, ein Handtuch dient als Tischtuch, Zweiglein aus den Paketen werden als Schmuck aufgelegt, Mesi bringt vom Essentragen einen größeren Fichtenzweig, den sie auf dem Boden gefunden hat. Ein Häufchen Kekse für alle. Emmy stellt die geschmuggelten kleinen Fotos von

Herbert, Hans und Heinz auf den Tisch. Kein Kubin. Mittags bekommen sie wässrige Erbsenschalensuppe mit Fragmenten von Nockerln, das Abendessen wird gleich mitgeliefert: *ein Stück Brot, ein Stückerl Käse und ein kleines Stückerl wässerige Wurst und als besondere Weihnachtszuteilung im üblichen Blechnapf einen Apfelschalentee.* Um ein Uhr Mittag werden die Riegel vorgeschoben und die Zellentüren versperrt. Sie denken an Unken, an den kleinen Herbert. Haben sie abends „Stille Nacht, heilige Nacht" gesungen?

Am 27. Dezember kommt die Nachricht vom Tod des Vaters Leo Göhring.

Am 29. Dezember wird Mesi aus dem Gefängnis entlassen. Ihr halbes Jahr ist überstanden, vor Emmy Haesele liegt ein weiteres Halbjahr.

Doch ich habe den festen Willen auch dieses so gut wie möglich zu überstehen. Leichter ist es jetzt schon, da Mesi wieder in Freiheit ist. Das liebe Kind hat das halbe Jahr tapfer ausgehalten; hoffentlich trifft sie es draußen in der sogenannten Freiheit nicht allzu hart an.

Mit Beginn des Jahres 1946 bricht die Niederschrift der „Lebenserinnerungen" ab. Die 52jährige wird zu Außenarbeiten eingesetzt, die sie kaum übersteht. Erschöpfung, Herzkrämpfe, Schlaflosigkeit.

Mesi kämpft bei der amerikanischen Besatzungsmacht für eine vorzeitige Freilassung der Mutter.

Schließlich werden Emmy Haesele hundert Tage der Haft erlassen.

Am 21. März kommt sie frei.

Einen Monat später, am Ostermontag, notiert sie: *Und nun körperlicher und seelischer Zusammenbruch – die Reaktion – ich liege seit Tagen mit beiderseitiger Lungenentzündung, Mittwoch Abend Kollaps (was ein angenehmer Tod wäre!)*

7

Unken im Frühjahr 1946.

Blütenmeer im Tal. Ein Rauschen ist in der Luft, Bäche und Wasserfälle stürzen über die Felsen, die Saalach führt grünblaugraues, milchiges Schmelzwasser. Auf den Gipfeln liegt noch Schnee. Er macht das Grün des Tales noch grüner. Die Amseln jubilieren und bauen Nester.

In den Höfen wird gehämmert.

In den Kammern geweint.

In der Kirche brennen Gedenkkerzen.

Wieder in Freiheit.

Das Doktorhaus ist geplündert. Viele der Wertsachen sind gestohlen worden, Porzellan, Silber und achtzehn Handzeichnungen aus ihrer Kubin-Sammlung, vor allem vermißt sie die ihr gewidmeten Entwürfe zu den „Planeten“, eines der intimsten Geschenke, die ihr der Geliebte gemacht hat. Sie ist eben aus der Haft entlassen worden und soll auf Anordnung der amerikanischen Besatzungsmacht das Haus binnen drei Stunden räumen, *wobei aber Möbel, Bilder, Bücher, Teppiche der Vertreterin meines Mannes, Frau Dr. Irmtraud Vielkind, die mich denunziert hatte, wahrscheinlich aus dem Grund, um sich in den Besitz von Wohnung, Praxis u. Möbel zu setzen, zu verbleiben hatten.*

Emmy Haesele steht vor dem Nichts.

Wohin gehen?

Wo bleiben?

Wer hat ihr geholfen auf ihrer Suche? Hat sie bei den Großbauern bittend angefragt, bei den Wirten oder bei den einstigen Freunden ihres Mannes? Aber alle haben zu kämpfen, sagen sie, die Hungersnot ist groß, selbst hier auf dem Land. Die Abgaben für die Besatzungsmacht und das Flüchtlingslager sind hoch, man kann nichts entbehren. Sie war nie beliebt im Dorf. Und sie ist im Gefängnis gesessen, schuldig oder unschuldig, wer weiß das schon? Und mit den Amerikanern will sich's niemand verscherzen.

Herbergssuche.

Es sind arme Leute, die sie aufnehmen.

Im Ematergütl hoch über Unken findet Emmy eine Bleibe, im Niederland 61. Es ist ein kleines Bauernhaus an der Kuppe eines Hügels, die Wiesen fallen steil ab, das Dorf liegt wie ein Spielzeug unter dem Blick, die Saalach schlängelt sich als helles Band durch das Tal. Die beiden Frauen und der sechsjährige Herbert dürfen zwei winzige Mansardenzimmer beziehen.

Maria Auer war damals vierzehn Jahre alt.

Sie erinnert sich noch gut an den Tag, als der Vater mit einem Pferd und einem Karren den dunkelblauen Küchenschrank aus dem Doktorhaus über den schmalen Erdweg heraufgebracht hat. Die Mutter hat fünf Pflegekinder großgezogen, sie hat ein weites Herz gehabt, sagt Maria, sie hat alle Notleidenden aufgenommen. Die Frau Doktor hat ganz bescheiden leben müssen, sie war eine feine, zurückhaltende Frau, sie hat gezeichnet, mit uns Kindern und gespielt. Über die Zeit vorher hat sie nicht geredet, da hat sie lieber schweigen wollen. Mesi war ganz anders, die wollte nicht fein sein. Sie war der Kumpel, hat überall mitgeholfen, im Stall, beim Heuen oder im Winter mit dem Ziehschlitten, die war robust. Es hat keine gute Zufahrtsstraße gegeben, im Winter hat der Ziehvater noch in der Finsternis ein Wegerl freigeschaufelt für die Kinder, damit sie in die Schule gehen haben können.

Ob die zwei – Mesi war ja fast nie da – eine Belastung für das Gütl mit den zwei Kühen waren? Nein, sie waren keine Belastung, sie haben ja auch eine kleine Miete bezahlt. Der Vater hat ihnen einen Sesselofen aufgestellt, damit sie kochen können, der hat eine Kochplatte gehabt mit Ringen, und man hat drauf sitzen und sich wärmen können, auch die Lehne war warm und das Rohr ist einfach durchs Dach hinausgegangen. Wenn man von der Mansarde ins Tal hinuntergeschaut hat, hat man links unten das Doktorhaus gesehen.

Zweieinhalb Jahre lebt Emmy Haesele im Ematergütl, bis September 1948.

Es ist ein blutendes, weinendes, erschüttertes Land, ist in der Dorfchronik zu lesen. Ehemänner, Väter, Söhne, Brüder sind im Krieg geblieben. Es fehlen Bauern, Knechte, Holzarbeiter und Handwerker. Das ganze Dorf ist immer noch überfüllt mit Flüchtlingen, Heimatvertriebenen und ausgemergelten Soldaten. Hunger, Geldentwertung, Schwarzmarkt. Die Schulkinder, barfuß bis zum ersten Schnee, bekommen von den Amerikanern eine Ausspeisung. Die Racheakte sind weniger geworden. Die Angst ist geblieben. Auch die Dörfler selbst müssen wieder miteinander auskommen lernen, die ehemaligen Nazis und die, die dagegen waren. Für viele Menschen jüdischer Abstammung beginnt ein neuer Leidensweg: Sie kämpfen um Restitution von Hab und Gut und müssen jahrelange, vielfach erfolglose und demütigende Bittwege in den Kanzleien der Zweiten Republik erdulden. 1947 kommt der Dentist Paul Bierer mit seiner Familie aus dem Exil in Frankreich, aus Lager und Zwangsarbeit, wieder zurück nach Mittersill, wo man ihn verhöhnt, gequält und mit dem Leben bedroht hatte.

Hans Haesele ist immer noch vermißt.

Jetzt, wo sie ihn verloren glaubt, tritt er sehnsuchtsvoll in ihr Leben.

Wäre sie ihm doch früher so zugetan gewesen.

Emmy wartet.

Sie hofft.

Auch der Bäckermeister Fritz Sturm ist noch nicht heimgekehrt, auch seine Frau gibt das Warten nicht auf, erst 1948 wird sie Gewißheit bekommen, daß er tot ist. Aber andere *sind* wiedergekommen, nach vielen Jahren, man hört von solchen Wundern.

Für Emmy Haesele gibt es kein Wunder.

Das tun zu müssen: Am 14. September 1948 füllt sie schließlich das Formular für die Todeserklärung ihres Mannes aus.

> Er wird auf Antrag der Ehegattin
> Emma Helene Haesele
> wohnhaft in Unken nach durchgeführtem
> Aufgebotsverfahren
> für tot erklärt
> und der 14.10.1944 als jener Tag bestimmt,
> den Dr. Hans Haesele
> nicht überlebt hat.

Sie braucht etwas zum Überleben. Als Kriegerwitwe erhält sie nun von der Salzburger Landesregierung eine kleine Pension und muß der Gemeinde Unken nicht mehr zur Last fallen.

Leben. Überstehen.
Tag und Nacht und Tag.
Die einen sind tot.
Ein anderer lebt.

Von Alfred Kubin hört sie wenig.
Von Zeit zu Zeit kommt ein Brief, eine Zeichnung.
Berichte aus dem Alltag. Kürzer, kälter.
Die Abstände werden größer.

Sie schickt ihm ihre „Lebenserinnerungen", die sie im Gefängnis niedergeschrieben hat, *er hat nicht einmal mit Muh geantwortet*. Sie sucht nach Gründen. Erfährt, daß es Hedwig gesundheitlich immer schlechter geht. Und daß Kubin mit allen seinen früheren Freunden, die dem Nationalsozialismus nahestanden, gebrochen hat. Was sie betrifft, deutet sie das als Mißverständnis. Sie wird es einmal erklären können, hofft sie.

Aber – ist da nicht mehr gewesen?
Hat er sie nicht *mein Meisterstück* genannt?
Und war beglückt, *daß es gelang, Dich zu schaffen – für mein Bild!!!!* Hat er nicht immer vom *durchdringendsten EINSSEIN* gesprochen?
Und gesagt, daß sie warten und Geduld haben solle?

Die aufwühlenden Monate im Gefängnis, die körperlichen Belastungen und seelischen Verzweiflungsmomente, und die ersten demütigenden Wochen in neuer Freiheit sind die Kubin-fernste Zeitspanne in Haeseles Leben, seit sie ihn kennt. Kaum aber ist das Schlimmste überstanden, kehrt alles zurück: das Verlangen nach intensivem Kunstgespräch.

Die Liebe.
Die Obsession.

Sie sucht Umwege. Sie intensiviert den Briefwechsel mit Kurt Otte in Hamburg, dem sie ihre Enttäuschung und die einzelnen Stationen der weiteren Beziehung zu Kubin mit großer Offenheit und innerer Not mitteilt: Sie *muß* mit jemandem darüber reden. Über Otte erfährt sie Neuigkeiten aus Kubins Leben und Arbeit, über Ausstellungen, Publikationen und die Entwicklung des Kubin-Archivs. Sie tauschen Meinungen aus, Haesele erbittet Belegexemplare oder Kopien von Fotos, Zeitungsartikeln und Katalogen.

Aber noch fordert das Leben anderes von ihr.
Sie lebt in Armut.
Das Elementare: Essen und Holzbeschaffung.
Aufgabemachen mit dem Kind.

Sie ist ganz still geworden.

Und demütig.

Die Sonne scheint. Der Sesselofen glüht. Sie darf wieder Farben sehen. Über die Wege gehen, an einem Totenbrett stehen, eine holzgeschnitzte Haustür mit Sense und Garben einer reichen Ernte finden. Über dem Achberg wird es Tag und es wird Nacht und wieder Tag. Ihr Ich ist zurechtgehämmert worden, sie kann jetzt gut mit ihm reden. Es hat den Stolz und die Überheblichkeit abgelegt, das Fordernde und das Zentrierte. Die vielen Gespräche über Animus und Anima, Ich und Selbst, Polarität und schöpferische Indifferenz sind fast verklungene Echos, die sich im Schrecken der letzten Jahre verfangen haben. Es war viel, was sie durchgemacht hat, und so ergibt sie sich in etwas, das größer ist als sie und das sie immer anruft, wenn sie überwältigt wird: Sie ergibt sich in das Schicksal.

Sie beginnt wieder zu zeichnen. Auch das sieht sie als ihr Schicksal an.

Oft kann sie nur nachts arbeiten, wenn alles getan ist, wenn alle schlafen, für die sie sorgt. Sie holt die Bilder aus sich, die sie lange in sich trug. Es geht, es fließt. Nach fast sechsjähriger Pause schafft sie in ihrer Dachkammer ein zeichnerisches Werk, das sich vom Vorbild Alfred Kubins löst. Auch sie selbst nennt es zum ersten Mal „Werk" – Bilder, als deren wichtigste Elemente die Kunsthistoriker später herausarbeiten werden: daß Haesele ihre Technik mit der Tuschfeder verfeinert, dichte Schraffuren in- und übereinanderlegt und damit ein Gespinst von Dynamik und Lichtwirkung erzeugt, das die Bilder ungemein plastisch macht. Sie zeichnet Tiere, ambivalent in Bedrohung oder Schutz. Die Tuschfederzeichnungen aquarelliert sie zumeist in Blau-, Grün- und Brauntönen, abgestuft und zart. In der Menschendarstellung wählt sie zwei wesentliche Motive: Menschen als Masse kleiner Figuren, hilflos, orientierungslos, scheinbar willenlos unter der imaginären Hand einer größeren Macht. Oder, auf ihr späteres Leitmotiv verweisend, als Larve, als Maske, die geheimnisvoll das Wesentliche verbirgt. Sie schafft zwei ihrer berühmtesten Werke: die „Bruthenne", eine humanisierte Tiergestalt, die sich schützend und wärmend über eine Vielzahl von Menschlein breitet, und die „Dame in Blau", eines ihrer seltenen großen Portraits, ungemein wirksam im abwägenden Blick einer schönen, zweifelnden Frau. In allen Bildern sucht sie die Wirklichkeit des Unsichtbaren: Es ist das Grunderlebnis ihrer Weltdeutung, das sie seit ihrer Kindheit in sich spürt, das sie mit Kubin als in *derselben Seelenschicht lebend* erfährt, und das nun in den Bildern seine eigene Sprache und Melodie findet.

Das Mansardenleben zu zweit oder zu dritt ist beengend.

Sie leidet unter der *ewigen Tretmühle des Alltagsgewurschtels* und hat zu wenig Zeit zum Zeichnen. Eine Weile setzt sie ihre Kindheitserinnerungen in dem schwarz-grün-gesprenkelten Heft handschriftlich fort, aber Aussichtslosigkeit und *scheußlichste Nervosität* lähmen sie. Ekel und Lebensüberdruß. Sie versucht sich in Erzählungen, schreibt „Der Hüter der Schwelle", ein parapsychologisches Erlebnis aus der Kindheit, in dem eine Donnerstimme ihr furchterregende Befehle gibt, sie durch Feuer laufen läßt. Hätte Kubin sein erzählerisches Werk in den Vordergrund gestellt – vielleicht wäre auch sie zur Schriftstellerin geworden.

Sie hat den gräßlichsten Traum ihres Lebens. Sie schaut aus einem Fenster zu ebener Erde, unter einem Holzboden sieht sie draußen Stiefel hervorkriechen, dann abgerissene Soldatenbeine, grauenvoll verwest, ganze Soldatenleiber, stinkend, gedunsen, bald werden sie zerplatzen, ist Hans darunter, vielleicht ist Hans unter ihnen? Wenn sie im Dorf einem Kriegsversehrten begegnet, nimmt sie Anteil an seinem Schicksal. Obwohl sie kaum etwas zum Leben hat, spendet sie manchmal für Flüchtlinge. Man munkelt, daß nachts und auf abenteuerliche Weise hunderte jüdische „displaced persons“ aus dem Lager in Saalfelden über die Krimmler Wasserfälle und den mehr als zweieinhalbtausend Meter hohen Krimmler Tauernpaß nach Italien und weiter nach Palästina geschleust werden. Aus welchem Leben stammen die Bilder, in denen sie sich mit Hans und den Kindern die Wasserfälle bestaunen sieht?

Manchmal fährt Emmy durch die Demarkationslinien und Besatzungszonen zur alten Mutter nach Wien. Der Hof ihrer Kindheit in der Heumühlgasse ist durch Bomben zerstört, die Wohnung selbst glücklicherweise unbeschädigt. Die früheren Verbindungen in die Stadt Salzburg sind längst abgerissen, auch drängt es sie nicht, sie wieder aufzunehmen. Viele der ehemaligen Freunde haben sich zurückgezogen, sind emigriert oder tot.

Nach-Krieg.

Wenn sie länger aus Unken fortwill, sucht Emmy die Schwester auf. Marie lebt im steirischen Ausseerland. Sie ist mit einem gemeinsamen Jugendfreund aus der Zeit der Wiener und Ramsauer Jahre verheiratet, mit Hans Zelenka, der sich als Zahnarzt in Bad Aussee etabliert und ein Haus gekauft hat.

In das Jahr 1947 fällt eine entscheidende Begegnung. Während eines Besuches in Bad Aussee lernt Emmy Haesele den Kunsthändler Wolfgang Gurlitt kennen. Er ist Kubin-Kenner und -Sammler und bereitet eben die Eröffnung der Neuen Galerie in Linz vor. Gurlitt besitzt ein Ferienhaus in Bad Aussee. Erst mehr als sechs Jahrzehnte später wird an den Tag kommen, daß er an Arisierungen wertvoller Gemälde aus jüdischem Besitz beteiligt war, etwa an der Konfiszierung von Gustav Klimts Gemälde der Ria Munk aus der benachbarten Villa von Aranka Munk, die 1941 mit ihrer jüngeren Tochter Lola nach Lodz deportiert und ermordet wurde.

Was wußte man damals davon, in einem Ort, wo fast jeder jeden kannte?

Was wußte die Familie Zelenka? Und ihr Freundeskreis?
Wer hat zugesehen? Wer hat geschwiegen bis jetzt?
Und wer wäscht seine Hände in Unschuld?

Möglicherweise auf Anregung Kubins, vielleicht auch durch Haesele selbst, stößt Gurlitt auf ihre Arbeiten. Er zeigt Interesse, ermutigt sie und kann sich eine Ausstellung vorstellen. In einem kurzen Bericht über ihr Leben und die Motive ihres Zeichnens, um den er sie gebeten hat, schreibt sie über das *Muß* ihrer künstlerischen Arbeit, die weder auf Originalität zielt noch auf Zustimmung oder Beifall, *denn jetzt erst, seit ich mich ganz diesem Schaffenszwang hingegeben habe, erst jetzt weiß ich, daß ich die mir vom Schicksal gestellte Aufgabe erfülle. Ein Glücksgefühl sondergleichen und eine innere Befriedigung sind mir gültige Bestätigung.*

Emmy Haesele arbeitet konzentriert, zeichnet dreißig neue Blätter. Sie lebt in Aufregung und Anspannung, fragt sich, ob sie genügen, überzeugen kann. Trotzdem denkt sie daran, ihr Zeichnen zum Brotberuf zu machen. An Kurt Otte schreibt sie am Ostersonntag 1948:

Jedenfalls bin ich finanziell schon fast auf dem Punkt angelangt, wo einem die Luft zum Atmen ausgeht (Vermögensbeschlagnahme, Teuerung u. keinerlei Einkommen), irgendwie muß ich Geld verdienen, und ich kann eigentlich nichts anderes als ein bißl zeichnen, aber mit so was kann man heutzutage auch verhungern, wenn man nicht schon einen Namen hat. Sie brauchen nicht glauben, daß ich irgendwie verzagt oder verzweifelt bin – längst habe ich erkannt, daß in meinem Leben alles schicksalsbedingt ist, man ruht sozusagen in Gottes Hand! Solange ich zeichnen kann, geht es mir gut!!

Im Mai 1948 findet in der kleinen Bücherei der Neuen Galerie in Linz die Vernissage von Emmy Haeseles erster Ausstellung mit 32 Arbeiten und vier Illustrationen zu Oscar Wilde statt. Unter den Bildern: die „Bruthenne", „Ritt durch die Welt", „Der Fluch", „Baum der Erkenntnis" und die „Dame in Blau". Ernst Köller schreibt den Einführungstext zum Katalog und hält die Eröffnungsrede. Er bezeichnet sie als „greise Künstlerin". Das Publikum ist erstaunt, als eine gepflegte Dame den Raum betritt, elegant, gerade 54 Jahre alt.

Dieser Vorfall erheitert Haesele, sie erzählt ihn lachend. Schmerzlich jedoch empfindet sie die künstlerische Einschätzung: Ihre Zeichnungen werden nicht autonom gesehen. Die Kritik ordnet sie einer dunklen Weiblichkeit, dem „Triebhaften, Unerlöst-Sinnlichen" zu oder rückt sie in die Nähe von Alfred Kubin, deutet sie sogar als Appendix seiner Kunst, obwohl sie ihre Liebesbeziehung zum Magier von Zwickledt geheimzuhalten versucht. „In Emmy Haeseles Werk ist Kubin gleichsam ein zweites Mal geboren", schreibt Köller. Es ist eine Einschätzung, die sich in der Rezeption über viele Jahre halten wird.

Haesele ist gekränkt. Eine überraschende Reaktion. Hat sie doch zu Beginn des Jahres 1948, als sie schon den Großteil der Ausstellungsbilder fertig hatte, an Kubin geschrieben:

Lieber! ... Du weißt, daß ich seit jeher meine Zeichnungen als Kinder unserer innigen Beziehung bezeichnet habe. Wenn Du Dich vielleicht auch gegen diese Vaterschaft sträubst, so hast Du diese Zeichnungen doch oft als Kinder Deines Geistes erkannt.

Sie möchte den grundsätzlichen Impuls gewürdigt wissen, wehrt sich aber gegen Epigonentum. Wolfgang Gurlitt wollte ursprünglich Alfred Kubin bitten, einige einführende Worte für den Katalog zu schreiben. Haesele lehnt sofort ab: *... zu viel der eingegrabenen Gefühle würden da aufgewühlt, ein so genannter „objektiver" Standpunkt ist da überhaupt nicht möglich.*

Schon 1946 war sie in Salzburg beim Kunsthändler Nebehay gewesen. Sein Urteil empfand sie als vernichtend: In 50 Jahren werde man ihre und Kubins Werke nicht mehr unterscheiden können, er würde eine Ausstellung nur machen, wenn er sie als *Schülerin von Alfred Kubin* deklarieren könne. In ihrem Schreibheft notiert sie mit neuem Selbstbewußtsein:

In jedem meiner Blätter sage ich doch etwas, was Kubin noch nicht gesagt hat ... Kann es denn nicht als Zeiterscheinung gewertet warden, daß die Grundstimmung ähnlich ist? Und technisch: ich leugne es ja nicht, daß ich in Kubin den unerreichbaren Meister sehe, aber was Farbe anbelangt, sind meine Arbeiten anders und manchmal besser.

Es ist ein seltsames Schweigen zwischen Kubin und Haesele entstanden.

Ein Ausweichen, Im-Ungefähren-Lassen.

Von Kubin kommt gelegentlich ein kurzer Brief, aber kein Zeichen.

Als ob sie ein Neutrum für ihn wäre.

Sie weiß nicht, warum es so geworden ist.

Große Unruhe erfaßt sie.

Jetzt, da sie wieder tief im Künstlerischen ist, wächst die Sehnsucht.

Das „Pack deine Koffer!" ist wieder da.

Je abweisender er wird, desto beharrlicher sucht sie ihn.

Von Unken nimmt Emmy Haesele langsam Abschied. Seit dem Vorsatz, ihr Zeichnen professionell zu betreiben, seit dem Verkauf einiger Bilder in Linz und den anregenden Begegnungen und Gesprächen in Bad Aussee, reift der Entschluß, zu Schwester und Schwager zu übersiedeln. Im Zelenka-Haus wird der Dachboden zu einer eigenen Wohnung ausgebaut.

8

In weitem Bogen geht sie über Land.

Die Hügel hinauf, die Hügel hinunter.

Den Waldrand entlang, durch die Gräben.

Heimlich umkreist sie das Haus mit dem hölzernen Türmchen.

Sie muß es tun, sie ist an Zwickledt gebannt.

Es ist ein Hexenbann, ein Fluch.

29. Mai 1948.

Diesmal hat sie keinen Feldstecher mit.

Löwenzahn rauscht die Wiesen gelb auf.

Gelb kann sie ertragen. Nicht Rosa.

Sie hat gerade ihre erste Ausstellung hinter sich.

Sie würde ihm gerne davon erzählen.

Sie haben sich einst so viel gesagt.

Seit zwölf Jahren hat sie ihn nicht gesehen.

Seit jenem Februar 1936.

Sie hat sich an die Abmachung gehalten.

Aber Sehnsucht ist stärker als Vernunft, Verletztheit und Wut. Sie kennt keine Zeit, keinen Raum, ist in der Beuge des Tages und der Sprache der Nacht, in den Haaren, dem Zwerchfell, dem Nabel, dem Wunsch. Im Krähen des Hahns, im Reiben des Buntstifts. Ist diesseits und jenseits und mittendrin.

Das Haus liegt wie ein Eiland des Friedens vor ihr. *Ach – womit hatte ich nur dieses Glück verscherzt?! Womit hatte ich es mir einstens verdient?! Nun stehe ich ausgeschlossen wie eine Bettlerin, wie eine Landstreicherin vor diesem Reich, in dem ich ehedem Königin war.*

Im Garten blühen Pfingstrosen und Jasmin.

Sie schleicht um den Tümpel, versteckt sich in der Hecke.

Schlummert ein in dem seligen Gefühl, der Heimat des Herzens nahe zu sein.

Stunden vergehen.

Plötzlich hört sie Stimmen, eine Tür schlägt ins Schloß.

Er kommt auf sie zu.

Kein Atem, kein Herzschlag.

Vakuum des Erschreckens, des Jubels.

Er sieht sie.

Kein Zögern, kein Zeichen der Überraschung.

Er lüftet den Hut, wie er es immer tut.

Bei jedem Mann, jeder Frau, sogar bei jedem Kind.

Im Vorübergehen sagt er, wie beiläufig und ohne sie anzusehen, *Pfitigott*.

Sie folgt ihm heimlich in der fußbreiten Spur, durch die Wiesen hinunter nach Wernstein. Sucht Deckung im hohen Gras. Sieht staunend seine Bewegungen, gewandt und grazil wie ein Seiltänzer. Eine Frau arbeitet auf dem Feld, er winkt ihr, sie lachen, verschwinden im Haus. Es dauert lange, bis er wiederkommt.

Alles ist ihr vertraut: wie er mit der linken Hand seinen Wetterkragen trägt, mit der rechten den Stock hält. Beharrlich verfolgt sie ihn weiter. Der Weg wird einsam zwischen Feldern, dann eng bei einer Hofdurchfahrt. Er spricht mit dem Bauern.

Jetzt.

Sie geht an ihm vorüber ohne ein Wort.

Eine dunkle Sonnenbrille verbirgt ihre Augen.

Er hält sie nicht auf.

Du allerschwerstes Kreuz
Du Himmel Du Hölle
Du Engel Du Teufel

9

Der Tod greift sich ein nacktes Mädchen. Eine weinende Braut. Menschen sind an einen Felsen geschmiedet. Hexen-, Toten-, Irrentanz. Schlangen. Flucht. Bürgerkrieg. Balljonglierender Harlekin. Ein Bild trägt den Titel „unsere Verkleidungen müssen wir wieder ablegen". Emmy Haesele zeichnet.

Kubin ist ungreifbar geworden.

Sie flüchtet in philosophische Notate, zu den Werken von Keyserling, Jung, Jünger und Friedländer, sucht Indifferenz und Gottesbilder, und alles ist nur ein Umweg zu ihm, dem Rätselhaften, der ihr einst einen bösen *Gegen-Ali* zu seinem Liebeshengst gezeichnet hatte, an den sie nicht glauben wollte.

Als neuen Schachzug verstärkt Haesele den Briefwechsel mit Hedwig. Kubin hat seine Frau in jüngster Zeit aufgefordert, Emmys Briefe an ihn zu beantworten, er selbst hätte keine Zeit, er lasse grüßen. Emmy nimmt Anteil an Hedwigs Gesundheitszustand, sucht die Vertrautheit der ersten Wochen ihrer Begegnung wiederherzustellen und gibt sich als verlassene Ehefrau und Kriegerwitwe. Sie schickt Hedwig sogar den *Abschiedsbrief* von Hans. Welchen Abschiedsbrief? Wann hat er ihn geschrieben? Denn Abschied ist immer in einem Krieg. Ein mysteriöser Brief, der im Nachlaß nicht aufzufinden war, nur viele andere, liebevolle Briefe von beiden Seiten der Eheleute, die auf ein inniges Verhältnis zueinander schließen und die Frage aufkommen lassen: Wäre diese Liebe nicht genug gewesen? Sie trauern um den Sohn, und Hans beschreibt das Grauen von Rußland und ist selbst Mitte 1943 noch der *festen Überzeugnis*, daß Hitlerdeutschland *sehr, sehr gut* dastehe und die Amerikaner sich verbluten werden.

Der „Abschiedsbrief" ist entschlüsselbar nur durch Hedwigs Antwort. Es ist von einer tiefen Kränkung die Rede, die

Hans Emmy zugefügt haben soll. Welche Kränkung? Hedwig bedauert Emmy, kann es sich dennoch nicht erklären, vermutet ein Mißverständnis und nimmt Hans in Schutz, hält ihm die Treue

Hedwig wäre die Botin gewesen.

Aber Kubin weigert sich, den Brief zu lesen.

Wenige Monate später, am 15. August 1948, stirbt Hedwig Kubin.

Sie haben um denselben Mann gekämpft. Sie waren gegensätzlich, aber sie beneideten und bewunderten aneinander das, was sie selbst nicht hatten. Es gab Szenen und Vorwürfe, Anschuldigungen und Verwünschungen, Schmerz und Unverständnis, und jede für sich dachte an Selbstmord. Dennoch waren sie mitunter einander mit Wärme zugeneigt. Sie begegneten sich dort, wo der Mann, den sie liebten, sie zutiefst verletzte. Sie haben sich fast zwanzig Jahre gekannt, und Hedwig war es gewesen, die den ersten, einladenden Brief geschrieben und später bei Hans in Unken Zuflucht gesucht hatte. Es war Lebenszeit, die sie versöhnend verband.

Emmy Haesele fährt nach Wernstein.

Sie möchte am Begräbnis teilnehmen.

Kubin sehen zwischen Mitgefühl und Hoffnung.

Sie kommt zu spät, der Zug hatte Verspätung.

Der Friedhof ist leer.

Sie steht allein am frischen Grab.

Im Gasthof Zw. mietete ich mich für eine Nacht ein und am späten Nachmittag wagte ich zögernd den Weg zum Haustor, wo ich nicht läutete, sondern ganz behutsam anklopfte, denn in der Küche hörte ich Geräusche. Nach einer Weile wurde die Haustür geöffnet und ein finsterer Blick durchbohrte mich: „Sind Sie eingeladen?" wurde ich gefragt. Ich sagte „nein". „Dann darf ich Sie nicht vorlassen, ich bin die Haushälterin."

Ich gab ihr meine Besuchskarte und bat sie, diese hinaufzutragen. Sie kam bald herunter und sagte: „Der Herr läßt sagen, daß er zu sehr in Trauer sei." Also hat er mich nicht nur nicht gerufen, sondern mir die Tür gewiesen. Abends, als seine Fenster erleuchtet waren, habe ich ihn einige Male gebeugten Hauptes durch die Zimmer gehen sehen …

Anfang Juni hatte mir A. einmal geschrieben, daß er im Herbst meine Illustrationen zu den Wilde'schen Märchen sehen möchte und so übersandte ich ihm kürzlich diese Blätter, in der Hoffnung, daß er damit vielleicht schwere Augenblicke leichter untertauchen könne, aber was glauben Sie, was kam: eine Karte von Cilli, der Herr sei nach wie vor in tiefer Trauer und wünsche keine neuen Eindrücke, sonst sei er auch ungestört bei seiner Arbeit und das scheine ihm wohl zu tun. Die Illustrationen kamen unbesichtigt wieder zurück.

Diesen Brief schreibt Emmy Haesele aus der Distanz von zwei Monaten. Er ist an Kurt Otte in Hamburg gerichtet, den sie persönlich kaum kennt. Der Bericht gibt sich relativ gelassen. Was aber wirklich geschehen ist, wirft seinen Schatten dauerhaft über ihr weiteres Leben.

Kubin hat sie nicht nur nicht gerufen.

Er hat ihr die Tür gewiesen.

Und er hat ihre Arbeit abgewiesen.

Aber sie nimmt den Abschied nicht zur Kenntnis.

Emmy Haesele wird nicht aufgeben.

Wie der Truthahn vor dem Spiegel in der Bauernstube von Zwickledt. Der Spiegel ist von Rissen zerklüftet und im Zickzack zersprungen, wie von schwarzen Wassertropfen zerstört. Und sie sieht sich in ihm wie jener Truthahn, der, als er sich, vielfach gebrochen, in diesem Spiegel sah, um sich selbst zu drehen begann, wild durch den Raum flatterte und immer wieder auf das Glas pickte, bevor er verstört zu Boden sank.

Kurz nach ihrer Rückkehr schreibt sie einen seitenlangen Brief an Kubin. Sie berichtet ihm über ihre medialen Fähigkeiten, mit deren Hilfe sie mit dem gefallenen Sohn und dem vermißten Ehemann in Verbindung getreten ist. Sie schreibt es ihm als Trost und Hoffnung, daß auch er, Kubin, Hedwig wiederfinden werde.

Und sie fragt ihn vorsichtig, wie ihre Entfremdung entstanden sei. Hat er selbst ihr nicht versichert, daß sie seine Einsamkeit nie gestört habe? Aber sie wolle ihm nicht zu nahe treten, denn *ich vertraue der Führung Gottes, ich vergesse nie, daß wir Träger Gottes sind, den wir, wie der Hl. Christophorus durch die reißenden Ströme des Lebens tragen müssen.*

Die letzten Tage in Unken sind eine Zeit der versuchten Schlußstriche. Sie hat ihren Mann für tot erklären lassen. Für die Unkener verfaßt sie eine „Gedenkschrift". Sie rekapituliert darin ihre 29 Jahre im Dorf, ihr Leben mit Hans, dem großen Arzt, idealisiert ihn als Menschen und sagt wehmütig Dank allen jenen, die ihr in der Not geholfen haben. Emmy Haesele ist nie wieder nach Unken zurückgekehrt, nicht einmal auf Besuch.

Sie wird ein neues Leben beginnen.

Bevor sie das tut, schreibt sie noch einen anderen Brief und zieht Bilanz. Im September 1948, wenige Tage vor ihrer Übersiedlung nach Bad Aussee, wendet sich Emmy Haesele an die Baronin Helene von Thienen-Adlerflycht in Reichersberg am Inn. Es ist bezeichnend, daß sie ihre geheimsten Gedanken eher fremden Menschen anvertraut als ihr nahestehenden.

Es ist der einzig erhaltene Brief, der ausspricht, was wirklich geschehen und in dem das Drama von Haeseles Leben zusammengefaßt ist: eine große Liebe, eine zerstörte Ehe, ein tiefes Schuldgefühl. Beigemengt germanischer Heldenmythos und romantisches Auserwähltsein, das Schicksal und in zunehmender Hilflosigkeit: Gott. Eine verworrene Mischung aus allem und bei aller Erkenntnis keine Entscheidung.

Mein Mann wäre noch am Leben, wenn nicht meine Liebe zu Alfred unsere Ehe zerstört hätte. Denn man kann es drehen und wenden wie man will: die Ehe war zerstört, trotzdem mein Mann nach wie vor in unendlicher Güte um mich besorgt war und mein Vertrauen und meine Freundschaft zu ihm niemals betrübt waren, aber Ehe verlangt mehr und hier konnte ich meine Treue zu Alfred nicht brechen ... aber daß ich an seinem Tod mitschuldig bin, dieses muß ich vor Gott selber verantworten! ... daß ich seinerzeit mich selber an die Front meldete, war bei Gott nicht eine Laune, um auch einmal „Soldat" zu spielen, es war ein Gottesurteil, das ich herausgefordert hatte: entweder mein Mann oder ich! Wenn Sie wüßten, wie stark schon manchmal die Versuchung war, mich auf der Türschwelle von Zwickledt zum ewigen Schlaf nieder zu legen ...! Aber unfruchtbares Hadern mit dem Schicksal verachte ich wie jede andere kleinliche Regung: Gott selber gab mir Bleistift und Feder in die Hand, um mein Schicksal zu meistern, nur die Auserwählten krönt er mit Tragik. Jedoch das menschliche Herz möchte auch ein bißchen „Glück", ein bißchen Wärme, ein bißchen sorgen dürfen für einen geliebten Menschen. Abgesehen davon, wie unsagbar schwer ich es entbehre, nicht mehr unmittelbar an seinem Werk Anteil nehmen zu können!!

10

Zu Hause.

Zum ersten Mal nach Krieg, Gefängnis und Unterschlupf hat sie wieder ein Zuhause, eine eigene Wohnung. Die Türen bemalt sie mit Motiven der vier Elemente, den Schreibtisch stellt sie vor das große Fenster des Wohnzimmers. Wenn die Flügel offen sind, hört sie das Rauschen der Grundlseer Traun. Seit Mitte September 1948 lebt Emmy Haesele in Bad Aussee, acht Jahre wird sie bleiben.

Bad Aussee ist ein altes Städtchen zwischen Grundlsee und Altausseer See, das seit dem Mittelalter durch die nahen Salzbergwerke zu Wohlhabenheit gekommen war. Die liebliche Landschaft zu Füßen von Dachstein, Zinken, Sarstein und Loser hat an der Wende vom 19. zum 20. Jahrhundert und später noch einmal in der Zwischenkriegszeit zahlreiche Dichter und Musiker angelockt, die hier ihre Sommerfrische verbrachten oder sich Anwesen kauften: Hugo von Hofmannsthal, Arthur Schnitzler, Hermann Broch, Gustav Mahler, Jakob Wassermann, Friedrich Torberg und viele andere. Während des Dritten Reiches war das Ausseerland eine Hochburg der Nationalsozialisten und zugleich des Widerstands. Nach dem Zusammenbruch wurde es zum Rückzugsgebiet für viele, die Unauffälligkeit nötig hatten.

Das Haus des Zahnarztes Dr. Kurt Zelenka liegt am oberen Stadtplatz, dem Chlumeckyplatz. Es ist der schönste Platz des alten Aussee. Der Kammerhof aus dem 14. Jahrhundert, der im 16. seine jetztige Gestalt bekam mit den eleganten Fenster- und Türgewänden aus rotem Fludergraben-Marmor, war der Sitz der Salzweser, Kaiser Maximilian I. hat hier Quartier genommen und die Ansiedlung unter seinen Schutz gestellt. An der Stirnseite des Gebäudes ist eine Sonnenuhr aufgemalt. Emmy liebt den Spruch, der ihr beigegeben ist: „numero horas – nisi serenas“. Sie versucht, ihre heiteren Stunden zu zählen, es sind nicht viele, die ernsten, dunklen sind noch mehr. Vor dem spätgotischen Hoferhaus blühen im Frühling die Birnbäume. Bevor sie Aussee verlassen wird, werden an der Front des Hauses wunderschöne Fresken entdeckt. Emmy findet sich wieder in der Abbildung der Annaselbdritt, die Maria auf dem Arm trägt, die wiederum das Jesuskindlein auf ihrem Schoß hält – Bild des Schmerzes über die Generationen hin.

Vom Zelenka-Haus führen zwei Gassen steil hinunter: die Bäckergasse ins geschäftliche Zentrum, und der Neupersteg zur Grundlseer Traun, an deren gegenüberliegendem Ufer sich der Meranplatz mit der alten Spitals- und Salinenkirche öffnet, mystischer Raum für inbrünstiges Gebet. Alles ist nahe, was ihr wichtig wird. Samstag mittag mischen sich die Glocken aller Kirchen mit dem Zwölf-Uhr-Heulen der Sirenen – nein, es ist nicht mehr Krieg, es ist Frieden.

Aus Unken hat sie alle Bücher mitgebracht. Sie sind ihr geblieben nach der Plünderung des Doktorhauses. Nach Haeseles Tod vermacht die Familie Zelenka die Bibliothek der Feuerwehr Bad Aussee.

Emmy Haesele ist bei sich und dennoch nicht allein. Herbert ist mit ihr hierher übersiedelt, damit Mesi ihren Beruf ausüben kann, er ist jetzt acht, neun Jahre alt und geht in Bad Aussee zur Schule. Im Stock darunter lebt die Familie der Schwester. Haesele findet schnell Anschluß: an Gerhard Stenzel mit seiner Frau Malvine, an Margret und Erich Landgrebe, Wolfgang Gurlitt und Hauptschuldirektor Hans Vlasics, der von Hermann Broch und Richard Beer-Hofmann geschätzt wird, und der der anregende Lehrer für einen Bauernbuben aus dem nahen Knoppen war: für den späteren Schriftsteller Herbert Zand, der schwerverletzt aus dem Krieg zurückkam, dem Ausseerland den Rükken kehrte und in Wien neu zu beginnen versuchte. Später stößt Bruno Brehm, der sich in Altaussee ein Haus gekauft hat, zu Haeseles Runde.

Emmy veranstaltet in ihrer Wohnung Dichterlesungen und Diskussionen. Erich Landgrebe, 1946 aus amerikanischer Kriegsgefangenschaft mit seinem selbstgebundenen Roman „Von Dimitrowsk nach Dimitrowsk“ unter dem Arm heimgekehrt, ist eine Doppelbegabung: Schriftsteller und bildender Künstler. Er ist ein großer Verehrer von Alfred Kubin und besucht ihn wiederholt in Zwickledt.

Über Politik und Vergangenheit wird in der Freundesrunde geschwiegen. Man diskutiert über Maltechnik und Bildinhalte, über Motivgeschichte und Kunstmarkt, schickt sich Glückwunschkarten zu Weihnachten, Silvester oder zu Geburtstagen. Mit Gerhard Stenzel, der im Verlagswesen tätig ist, spricht Emmy viel über ihr automatisches Zeichnen und über die Bibel, mit der sie sich zunehmend mehr auseinandersetzt. Man ermuntert sich, interessiert sich füreinander, raucht und redet oft bis in die Nacht. Es ist ein neues Lebensgefühl für Emmy Haesele.

Margret Landgrebe und Malvine Stenzel, beide heute über neunzig, aber klug, lebhaft und mit Distanz ihr Leben überblickend, erinnern sich: Emmy Haesele als feine Dame, gepflegt, dunkel gekleidet, vielfach gebildet, anregend im Gespräch, sehr aufgeschlossen jenen Menschen gegenüber, die ihr wesentlich und nicht oberflächlich scheinen. Trotz Offenheit etwas Düster-Trauriges, schwer Definierbares um sie, vielleicht sogar etwas Seltsames. Zelenkas sind das Gegenteil: heiter, sehr sportlich, immer auf den Bergen. Emmy als Ausnahme in Aussee. Immer am Zeichentisch und von großer Ernsthaftigkeit. Geht täglich zur Kirche. Bedrückt, sehr von Schuldgefühlen gequält. Spricht nur von ihrem Mann, den sie verherrlicht, ja vergöttert. Von Kubin persönlich spricht sie nie, viel und kompetent aber von seiner Kunst. An den Wänden hängen Kubin-Zeichnungen.

Alfred Kubin ist um die Mitte siebzig. 1952 erscheint die vierte Auflage des Romans „Die andere Seite“ mit den bereits 1946 entworfenen Illustrationen im, wie er es selbst definiert, *impressionistischen Stil.* Im selben Jahr werden endlich auch die sechzehn Blätter zum „Tümpel von Zwickledt“ aus den vierziger Jahren in der Österreichischen Staatsdruckerei publiziert. Teil- und Einzelausstellungen gibt es in diesen und den nächsten Jahren in Stuttgart, Bremen und Wuppertal, in München, Berlin, Wien, Salzburg und Linz, in New York und Brünn, er erhält Verdienstkreuze, Ehrenmitgliedschaften und Preise auf den Biennalen von Venedig und São Paulo. Kubin ist ein Stück Kunstgeschichte des 20. Jahrhunderts geworden: Es erscheinen die ersten großen Monographien und Werkverzeichnisse.

Kubins Schaffenskraft nimmt ab, sein letztes großes Mappenwerk sind die großformatigen Blätter zu Arthur Honeggers „Totentanz", die er 1950 bereits unter großer Anstrengung im Auftrag von Wolfgang Gurlitt herstellt. Das letzte Werk seiner fast 300 Buchillustrationen sind die Zeichnungen für Linus Kefers Roman „Der Sturz des Blinden". Aber immer noch zwingt sich Kubin zu täglichem Zeichnen. Wenn Besuch kommt, legt er mitunter alte, unvollendete Blätter auf den Tisch, um ungebrochene Arbeit vorzutäuschen. Er schafft eine große Anzahl „freier" Blätter, die eine neue, reduzierte Form zeigen und eine wichtige Gruppe innerhalb seines Gesamtwerkes einnehmen. Viele seiner Freunde sind tot oder ziehen sich zurück: Klee, Friedländer, Herzmanowsky-Orlando, Hesse. In seiner Korrespondenz bevorzugt er jetzt, neben Hans Fronius und Anton Steinhardt, Frauen: die Künstlerin Margret Bilger, die internationale *Glücksfee* Helma de Gironcoli und Cäcilia Kindlimann, die Tochter des Zwickledter Wirtes, die nach Zürich geheiratet hat. Er freut sich über Pakete mit Schokolade und Kaffee, *Marmelade, Mandorlat, Feigen und Sardinen* oder über Medikamente, Nerven- und Darmmittel. Im Juni fürchtet er bereits den Winter, er kriecht, wie er an Gironcoli schreibt, mit Zipfelmütze, Bettschuhen, Wärmeflasche und fünf bis sieben Schichten Nachtjacken im kaum erwärmten Schlafzimmer ins Bett.

Hedwig hebt er in den Himmel.

Emmy Haesele gegenüber: Rückzug und Ablehnug.

Fußtritte nennt sie es, oft ausgeführt durch Cilli Lindinger, die Haushälterin.

Kubin gibt Emmy zu verstehen, daß ihn ihre Anhänglichkeit störe.

Es könnte genug sein.

Sie könnte Frieden geben und in sich Frieden machen.

Aber sie ist an Zwickledt gebannt. *Ja, fassen Sie das wortwörtlich auf*, schreibt sie an Otte, es sei wie in alten Märchen und Sagen: verzaubert, unerlöst. Er sei es gewesen, der sie an diesen Ort gebannt habe, und nur er könne den Bannfluch lösen, sonst müsse sie selbst als Gespenst noch bis zum Jüngsten Tag dort spuken. So hoffe sie noch immer auf das *erlösende Wort, das Er mir bis heute noch schuldig ist!*

Ein paar Wochen erst ist sie in Bad Aussee.

Sie hat gerade neu angefangen.

Sie hat schnell Freunde gewonnen, hat Zeit für ihre Kunst.

Da wird sie schon wieder unruhig.

Baronin von Thienen-Adlerflycht hat herausgefunden, daß Kubin *niemanden, gar niemanden als seine Haushälterin um sich und bei sich dulde und haben möchte.* Auf diese Nachricht hin schreibt Haesele an Kurt Otte Ende Oktober 1948:

Nun müßte ich mir ja eigentlich die Haare raufen oder Veronal nehmen, weil ich 12 Jahre lang in der Fiktion gelebt habe, weil ich 12 Jahre lang einem Wort vertraut habe, das er mir beim letzten Abschied gab: „Vergiß nicht, wir reisen uns entgegen, auch wenn es diesmal vielleicht länger dauert!“, weil ich 12 Jahre lang mir immer jenes Bild vor Augen hielt („Auf der Flucht“ ein laviertes Original nach dem Litho, das Paar gemeinsam auf einem Pferd reitend) unter welches er folgende Widmung geschrieben hatte: „Für Z.U.W. zum Erinnern bei Augenblicken des Zweifelns.“

Nein, nichts könne ihre Liebe erschüttern, sie könne nur sein verletzendes Benehmen nicht verstehen. Ihr Bemühen, auf der Basis seines Werkes mit ihm in Kontakt zu bleiben, sei erfolglos. ... *Aber wenn ich rein als Frau mich äußern soll, so bekenne ich, daß ich ohne Zögern alles – auch Bleistift und Feder – hinschmeißen würde, nur um neben ihm sitzen zu dürfen und seine Strümpfe zu stopfen.*

Sehnsucht

Durch meines Lebens graue Gasse
geht das Nimmervondirlassen
geht das Nimmervondirlassen
und singt und singt so leise
uralte Weise
und summt und verstummt und weint
wie Heimweh
und es gaffen die grauen Gassen
wer bist du Nimmervondirlassen?

Bei einem ihrer Ausseer Freunde hat Emmy dieses Gedicht entdeckt und abgeschrieben. Es ist von Ödön von Horváth. Vielleicht könnte *er* das verstehen: das jahrleange Warten auf ein Wunder. Das Hoffen wider jede Evidenz. Sie hat alles verloren, Sohn, Schwiegersohn, Ehemann, Besitz und Freiheit. Sie kommt darüber hinweg. Nicht aber über Kubin.

Drei Monate erst ist sie in Bad Aussee.

Warum kann es kein Anfang sein?

Kaum angekommen, flüchtet sie.

Wohin? Nach Wernstein.

Den 24. Dezember 1948 verbringt sie in einem kalten Gasthauszimmer im Dorf am Inn. Sie will allein sein. In Aussee hat sie niemandem gesagt, wohin sie fährt. Sie kann

Menschen immer schlechter für längere Zeit in ihrer Nähe vertragen, auch die eigene Tochter nicht.

Es ist frischer Schnee gefallen. Die Weihnachtslandschaft ist so, wie sich's Kinder erträumen, wie sie sich's ersehnte, als sie im Gefängnis war.

Jetzt geht sie hinauf nach Zwickledt.
Nach den letzten Häusern ist niemand mehr unterwegs.
Der Wald liegt so still im Graben.
Schnee stäubt als glitzernder Schleier auf ihr Haar.
Hellblau ist das Licht über den Wiesenmulden.
Das Glockentürmchen hat eine Zipfelmütze aus Weiß.
Der Tümpel ist zugefroren.
Sie geht um das Haus, den Garten, die Scheune, wie oft?
Aus dem Hühnerstall hört sie kurzes Gackern.
Die Obstbäume werden zu dunklen Silhouetten.
Es brennt schon Licht im Zeichenzimmer.
Später erste Sterne.
Drei Stunden bleibt sie oben.
Weihnachtsnacht.
Ihr ist nicht kalt, sie kennt das Wachestehen.
Klappern von Geschirr aus der Küche.
An Tür oder Fenster zu klopfen, wagt sie nicht.
Dann legt sie zwei kleine Päckchen auf die Türschwelle.
Morgen früh wird er sie finden.
Morgen früh wird er die vielen Spuren im Schnee entdecken.
Kein Mond über den Wiesen.
Der Schnee knirscht.
Der Wald ist schwarz.
Im Dorf Lichtschein aus den Fenstern.

Um Mitternacht geht sie zur Christmette.

Es ist die erste Mette ihres Lebens, sie ist protestantisch karg erzogen worden. Jetzt ist sie eingehüllt in Weihrauch und Gesang, Kerzenschimmer und Ergriffenheit. Es ist bitter kalt unter dem hohen, gotischen Gewölbe. Die Menschen sind eng zusammengerückt, sie knien nieder und stehen auf und knien nieder und stehen wieder auf und schlagen das Kreuzzeichen über Stirn und Mund und Brust und murmeln vor sich hin, „schuldig, schuldig, schuldig ...“, und die Ministranten vorne am Altar läuten die vierfachen Glöckchen, und „Vater unser, der Du bist in dem Himmel ...“ und „... vergib uns unsere Schuld ...“ , und sie ist mitten unter den Menschen, die sich aneinander wärmen und die miteinander bekennen und dann hinausgehen, um den Leib Christi zu empfangen, den ihnen Pfarrer Samhaber auf die Zunge legt, und sie kann nicht anders, es zieht sie mit, sie weiß, sie dürfte es nicht, aber sie öffnet den Mund, drückt die Hostie mit der Zunge an den Gaumen, geht gesenkten Blickes in die Bank zurück, die Orgel jubiliert, und als die Menschen das „Stille Nacht, heilige Nacht“ singen, fängt sie zu weinen an, haltlos und untröstlich.

Am 26. Dezember schreibt Kubin einen Brief, den sie vorfindet, als sie nach Aussee zurückkommt. Er bedankt sich für die Kekse und die Albanermütze. Es ist eine flache Rundmütze aus Schafwolle, die Hans Haesele bei seinem letzten Fronturlaub mitgebracht hat.

Du hast Dir mit dem nächtlichen Weihnachtsbesuch einen Husarenstreich geleistet. Um Dein anhängliches Gedenken hätte ich auch ohne diese Mühen gewußt und danke Dir also für das Niedergelegte ... Freilich ist's eine Störung in meiner knappen Zeit d. h. meiner durchs Alter so umständlichen Lebensweise – Fehlen tut es mir gewiß nicht an einem gewissen Lebensbehagen im Hause seit Cilli – die 12 Jahre bei uns ist, durch Hedwigs letzten Wunsch diese Sorgen übernahm, was ich den Beiden danke.

Das Käppchen läßt er füttern, es kratzt ihn auf dem Kopf.

An ihrem Schreibtisch in Bad Aussee sieht man sie an der Arbeit. Es ist ein guter Arbeitsort. Es werden die fruchtbarsten Jahre werden, die Zeichnungen wachsen ungehemmt aus ihrer Hand, Katastrophen, Erdbeben, Schiffbrüchige, Raubfische und eine Sturmflut, „Frau Sorge", die mit ihrem weiten Mantel die Menschen umfängt, eine bedrohliche Figur, die sich eine Träumende greift, „Wieder der Schrei nach Hilfe". Vor einer brennenden Stadt reden sich zwei auftauchende Seeungeheuer in „Diskussion, aber keiner hört den anderen", beinlose oder einbeinige Krüppel auf Krücken in einer Straßenschlucht, eine weibliche Figur klammert sich in einem nachtgrünen Wald an einen Baum ...

Haeseles Bildsprache ist ausdrucksstark und reich an Variation. Sie zeichnet die Ängste ihrer Kindheit, die Schrekken ihrer Träume und den Nachtmahr ihrer Liebe. Zeichnet die inneren und die äußeren Katastrophen der Zeit, ohne daß dies in der Rezeption auch nur annähernd erkannt wird. Auf allen Bildern, die sie jedoch kaum mehr datiert und die darum schwer zuzuordnen sind, wendet sie sich den Menschen zu. Sie sind aggressiv oder hilflos, Zuschauer, Täter oder Opfer, meist sind sie Opfer, die gefaßt, weggespült oder gefressen werden. Sie wandern ins Ungewisse, die Häuser brennen und die Städte zerbersten. Weibliche Figuren, denen Gewalt geschieht, stehen oft im Mittelpunkt. Eines ihrer eindrucksvollsten Bilder ist die „Diskussion über einen Paragraphen", auf dem eine hochschwangere Frau auf einem Berg von Totenköpfen liegt, ein Tier frißt in ihrem offenen Bauch, am unteren Bildrand versammeln sich beratende und sich unschuldig gebende Ärzte in Blau.

Manchmal in diesen späten vierziger und frühen fünfziger Jahren zeichnet sie Tag und Nacht, nachts vor allem. Zeichnet und aquarelliert ihre Blätter, an dieser Verbindung von Feder, Tuschfeder und Wasserfarbe hält sie fest. Sie zeichnet phasenweise wie in Trance, dann kommt die Erschöpfung, fast ein Ekel. In der Sprache Kubins und Friedländers nennt sie es *Rückprall.*

Wolfgang Gurlitt, dem sie die Blätter vorlegt, ist erstaunt über Ausdruckskraft und Fülle des Entstandenen. Im Juli 1949 zeigt er Arbeiten von Emmy Haesele in seiner Ausstellung österreichischer Künstler in der Neuen Galerie der Stadt Linz. Haeseles Name findet sich neben Klimt, Schiele, Kokoschka, Margret Bilger, Erich Landgrebe, Max Faistauer, Hans Fronius, Rudolf Hausner und Alfred Kubin.

Im Sommer 1951 organisiert Gurlitt eine Haesele-Ausstellung im Grazer Johanneum. Gerhard Stenzel schreibt die Einführung.

Auf dem Titelblatt der Einladung ist eine große Maske zu sehen.

Sie trägt Kubin-ähnliche Züge.

Ihr entsteigt eine Frauenfigur, den Mund weit zum Schrei geöffnet.

In ihren erhobenen Händen hält sie eine Axt.

11

Das Dunkel, die Kerzen, der Chor.

Weihrauch, bis alle Sorgen sich verlieren, bis alles Zittern untergeht in einem Wir, das sie von woanders schon kennt. St. Georg tötet den Drachen. Das Erlebnis der Christmette in der Pfarrkirche von Wernstein hat tiefe Spuren hinterlassen. Emmy Haesele wendet sich dem katholischen Glauben zu. Aber nichts, was sie tut, ist ohne Bezug auf Alfred Kubin. *Ich befinde mich derzeit in einem wichtigen, aber sehr schmerzhaften u. schwierigen Lebensabschnitt – eine Loslösung von A. K.,* schreibt sie Anfang März 1949 an Kurt Otte. In den vielen Jahren des C.-G.-Jung-Studiums hat sie sich psychoanalytisches Wissen angeeignet. Aber Wissen ist das eine, Leben das andere. Es wird ein Kämpfen werden, ein Vor und Zurück, sie wird hoffen, verzweifeln, sich erniedrigen und, wie immer in den Entscheidungen ihres Lebens, das Äußerste wählen.

Am 3. April 1949 schreibt sie an Kubin:

Ich weiß ja nicht, wodurch es kam, daß Du mich als Störung empfindest ... Ich weiß, Lieber, Du hast mich immer auf jenen Ort verwiesen, wo die Gegensätze aufgehoben werden, der indifferente Punkt, der alles enthält und von dem alles ausgeht, aber ich muß Dir eines gestehen: was hätte mir dieser Ort bedeutet, ohne Dich! Was wäre der Himmel ohne Dich, was wäre die Hölle ohne Dich! Und so habe ich mit einem Wort „gepfiffen" auf diesen indifferenten Punkt, denn durch Dich hatte ich Alles! Und ohne Dich hatte ich Nichts! Du hast mich durch die härteste Schule gezwungen, aber ich glaube, daß ich sie bestanden habe, ich weiß es noch nicht genau, man darf sich nie zu sicher fühlen!!! Es ist noch nicht lange her, da habe ich folgende Litanei auf Dich gebetet: (lach nicht darüber, aber lächeln darfst Du)

Du Prüfstein meines Lebens und meiner Liebe – Du allerschwerstes Kreuz – Du Schleifstein meiner Seele – Du Tiefsee meines Forschens – Du Eismeer in dem ich bitter friere – Du Dschungel meiner Träume – Du Amboß auf dem ich mich selber schmiede – Du Sumpf voll giftiger Tücke – Du Lebensrad meiner Bilder – Du Kaleidoskop meiner bunten Welt – Du Wüste in der ich verschmachte – Du Irrweg meines Suchens – Du Abgrund in den ich täglich stürze – Du Sonne um die ich kreise – Du Maßstab an dem ich mich messe – Du Sprengstoff meines Wähnens – Du Weltall in dem ich ruhe – Du Engel mit dem ich ringe – Du Teufel der mich narret – Du Kindlein das ich wiege –

Du Armer! Das alles hab ich, spinnerte Urschel, auf Dich projiziert. Das alles hast Du sein müssen! Also nichts mehr von alledem!

Er antwortet auf ihren *ergreifenden Brief*, freut sich, daß sie sich in Aussee so hübsch eingerichtet hat, lobt ihre Arbeiten – *Du machst es richtig!* –, sagt, daß sie vortrefflich auf den Fotos aussehe, bedankt sich für die Hauskäppchen des Vaters, die sie ihm geschickt hat und gibt ihr zu verstehen: *... ich wünsche keinen Brief.*

Das übergeht sie.

Über die Worte *Du machst es richtig!* ist sie glücklich.

Sie wäre mit so wenig zufrieden.

Ein Reden über Kunst, es würde ihr genügen.

Nur dies –

Vergeblich die Hoffnung, umsonst die Vorsätze.

Würde ein Wanderer über die Zwickledter Hügel kommen, würde er eine Frau an der dichten Hainbuchenhecke eines Gartens stehen sehen. Sehr dicht am Zaun steht sie, ihre Haltung ist gespannt. Es ist ein großer Garten mit alten Bäumen, der vor einem stattlichen Haus mit einem hölzernen Türmchen liegt. Hinter der Hecke ist das Dach eines Lusthauses zu sehen. Würde der Wanderer nach einer weiten Runde über Höfe, Senken und Waldränder zurückkehren, sähe er verwundert die Frau noch immer dort stehen, reglos.

Aus Emmy Haeseles Briefen an Kurt Otte erfährt man, daß sie Anfang September 1949 wieder heimlich nach Zwickledt gefahren ist. Sie hat sich an das Salettl angeschlichen, Kubin beobachtet und seine murmelnden Selbstgespräche zu belauschen versucht, über die sie erschrocken und gerührt ist. Später hört sie den banalen Gesprächen mit Cilli nach dem Essen zu.

Das zu tun.

Es auch noch anderen zu berichten.

Würde der Wanderer mehr über diese Frau wissen, könnte er sich fragen, ob sie sich nicht geschämt habe? Und aus welcher Höhe sie wohl von einem über Zwickledt in den Himmel gespannten Seil gestürzt sei und ob sie ihre Balance-Stange verloren habe?

Zu Weihnachten sendet Kubin ihr ohne Begleitworte eine große, lavierte Federzeichnung, „Schwangere Tschechin", mit der Bitte um Rücksendung. Sie fügt der Rolle eine eigene Zeichnung an, in die sie selbst gestrickte „Stitzerln", weiche Pulswärmer, einrollt.

In Bad Aussee arbeitet Emmy Haesele an 27 Holztafeln für ein Weinstüberl, sie kann das Geld dringend brauchen. Sie malt zum ersten und einzigen Mal in Öl und arbeitet zwei Figuren aus der Kirche von Wernstein ein, den heiligen Petrus und Sankt Georg mit dem Drachen. Um das Sterbegeld für ihren Mann muß sie lange und zermürbend kämpfen. Im Ausweis des Landesverbandes der Kriegsbeschädigten, Kriegerwitwen und -waisen Steiermarks kleben unter der Aufschrift „Ein Vierteljahr 1952" kleine bunte Marken mit der Aufschrift S 10.50. Der Steuerexekutor will Emmys Möbel beschlagnahmen. *Es hat wirklich den Anschein, als ob wir alle, die diese beste aller Welten bewohnen, reif für die Atombombe geworden sind.*

Unter ihren Fenstern rauscht die Grundlseer Traun.

Wildes, archaisches Trommeln und Pfeifen fliegt über das Städtchen, wenn der traditionelle Ausseer Fasching seinen Höhepunkt erreicht. Sie liebt dieses Unentschiedene zwischen Gewalt und Verlockung. Die Massen meidet sie, die Masken und Verkleidungen, da hat sie ihre eigenen im Kopf. Im Traum aber sieht sie die Umzüge und Zusammenrottungen, die schillernden Farben der Pailettenkostüme, hört ihr Knistern und Aneinanderschlagen, würde sich gerne vergessen und mittanzen, schreien bis zum Morgen.

Wenn der Frühling kommt, wandert sie über die Wiesen, die Hügel hinauf, die Hügel hinunter, die Waldränder entlang. Wie sie es mit Alfred getan hat in anderer Gegend, vergangener Zeit. An warmen Frühlingstagen fährt sie mit dem Bus nach Altaussee und geht an den südlichen Loserwänden entlang. Die Eriken blühen, dieses Rosa kann sie ertragen, es hat noch die Farblosigkeit des Winters. Ein Fischer rudert seine Plätte über den See, eine Weile steht eine schmale silberne Spur im Wasser, bevor sie der Schatten der Trisselwand ins Schwarze taucht. An den Hängen des Sandlings wird Salz abgebaut wie seit Jahrtausenden. Unweit von dort, wo die Stollen sind, lag nach dem Zusammenbruch der Fluchtweg von Adolf Eichmann Richtung Bad Ischl – da war sie mit dem kleinen Herbert noch im Doktorhaus in Unken, die Ennsmannbäuerin hat Mesi und ihre Töchter auf der Alm in Sicherheit gebracht, sie selbst hat mit der neuen Ärztin Gewehre im Stadel versteckt und noch auf die Rückkehr von Hans gehofft. Das alles ist noch nicht lange her. Erst vier, fünf Jahre.

Wie soll sie das verstehen?

Es gibt eine Figur, die scheint das Leben leicht zu nehmen, trotz aller Melancholie. Beschwingt, mit einem Lächeln sogar, weil sie durchschaut, was geschieht. Es ist Eulenspiegel. Haesele kürt ihn in ihren Bildern zur Leitfigur: *... ich wußte nicht was er eigentlich von mir will,* schreibt Haesele an Otte, den Adressaten ihrer Post, während Kubin jener ihrer Gedanken ist, *bis ich endlich dahinter gekommen bin, daß er mich in seinen Schutz genommen hat und mich durch die Fährnisse des Lebens leitet*. Harlekin, der immer schon Begleiter ihrer Bilder war, hat nur einen anderen Namen bekommen. Oder ist es der kluge, große Bruder vom Kasperl ihrer Kindheit, vom Wurstel aus dem Wiener Prater? Oder hat er etwas von Stilzel, dem Kobold des Böhmerwaldes, dem Kubin ein kleines Mappenwerk zeichnete und dessen lange Mütze als erotisches Symbol deutbar ist?

Am Ostersamstag 1950 ist sie wieder in Wernstein.

Sie kann es nicht lassen.

Auf dem Postamt deponiert sie ein Päckchen für Kubin.

Dann geht sie in die Kirche.

Dann geht sie durch das Dorf.

Dann geht sie über die Bahngleise ans Ufer des Inn.

Dann sieht sie den Zug mit den Tafeln Amsterdam – Budapest.

Dann geht sie einen versteckten Fußpfad zurück, nur Einheimischen bekannt.

An einer Engstelle kommt er ihr plötzlich entgegen.

Sie können einander nicht ausweichen.

Ihre Blicke begegnen sich.

Sie fühlt blitzartig, wie er sich in sich selbst verkriecht.

Panik, zugleich beobachtet sie.

Er kommt auf sie zu.

Sie steht starr, kann sich nicht bewegen.

Schrecklähmung.

Er zieht mit weit ausholender Gebärde seine Mütze und sagt „Guten Morgen!"

Als er vorüber ist, klingt noch das Wort in ihrem Ohr.

Du Abgrund in den ich täglich stürze
Du Eismeer in dem ich bitter friere
Du Wüste in der ich verschmachte
Du Maßstab an dem ich mich messe
Du Sonne um die ich kreise

Wenige Tage später schreibt sie an Helene von Thienen-Adlerflycht, mit Abschrift an Kurt Otte: *Und das nach 14 Jahren!!!* Nachträglich sieht sie auch die Komik dieser

Szene. *Diese Groteske gehört unbedingt als Würze in das Drama des Lebens – Gott will gelegentlich auch einmal lachen über uns, seine Marionetten!*

Am Ostersonntag um sechs Uhr früh geht sie zur Messe.

Um acht Uhr ins Hochamt.

Sie hat Kubins Gesicht vor Augen.

Abgezehrt, zerquält, ruhelos.

12

An diesem Ostersonntag 1950 entscheidet sich Emmy Haesele.

Sie wird zum katholischen Glauben konvertieren.

Es ist kein unüberlegter Schritt. Von Kindheit an fragt sie nach dem Jenseits. Lange Jahre hat sie es in sich selbst gesucht, später gibt sie ihrem Verlangen nach Transzendenz den Namen Schicksal. Es kommt jedoch nicht aus dem Nichts. Sein Urgrund ist Gott.

Als Suchende, die dem Magischen, und als Künstlerin, die dem Mystischen nahesteht, ist sie – vielleicht oft, ohne sich dessen bewußt zu sein – von den üppigen Riten des Katholizismus zutiefst angesprochen. Das hat vielleicht in der Innsbrucker Hofkirche begonnen, sich mit religiösen Bräuchen und Festen des erzkatholischen Bauerndorfes Unken fortgesetzt und seinen Höhepunkt in der Christmette von 1948 in Wernsteins gotischem Gotteshaus gefunden. Es ist die Faszination von himmelstrebenden Gewölben, von vielfarbigen Bildern und vielgestaltigen Figuren, von Kerzenschimmer und Faltenwurf, Gold und Glanz und Engelschören.

Von der Konversion erhofft sich Emmy die Loslösung von ihm, der ihr Himmel und Hölle zugleich ist. Und sie sucht Erlösung von ihrer Mitschuld am Tod ihres Sohnes und ihres Mannes. Mea culpa, mea maxima culpa – Buße tun. Sie will büßen.

Wandlung. Sie bereitet sich lange und in vielen Stunden des Studierens darauf vor. Für Unterweisung und Taufe braucht sie einen Priester. Sie sucht ihn nicht in Bad Aussee. Auch nicht in Altaussee oder Grundlsee.

Sie sucht ihn dort, wo sie schuldig wurde.

Sucht ihren Priester und Beichtvater in Wernstein am Inn.

Sie wendet sich an Pfarrer Alois Samhaber. Er zählt, wie der praktische Arzt Dr. Alois Beham, zu den engen Freunden Alfred Kubins, seit Hedwig tot ist. Samhaber ist zudem ein großer Sammler der Kubin'schen Werke und anderer Künstler. Von Fronius sammelt er Aktzeichnungen.

Samhaber zögert zunächst, verweist sie auf die einzelnen administrativen Schritte und die Zuständigkeit von Aussee. Haesele läßt sich nicht beirren, absolviert alles Nötige in ihrer Heimatgemeinde und fährt am 19. September nach Wernstein, wo sie im Kloster der Schulschwestern wohnt, die sie liebevoll betreuen. Am kommenden Tag legt sie bei Pfarrer Samhaber die Lebensbeichte ab, bekommt die Absolution und darf zum ersten Mal rechtmäßig die Kommunion empfangen.

Getauft wird sie zu Weihnachten 1950.

Aber es ist noch ein weiter Weg.

Zur selben Zeit, als sie Gott um Hilfe für die endgültige Loslösung anfleht, schreibt sie an Kubin, von dem sie weiß, daß er in den kalten Räumen immer friert: *Lieber – hier meine Weihnachtsgabe an Dich: ein Bettjäckchen und ein Paar Strümpfe, beides selbst gestrickt und mit jeder Masche einen guten Wunsch mithinein verwoben.* Das Jäckchen hat sie *zur Einweihung* selbst ein paar Tage getragen.

Kubin antwortet, wie meist, in einer Pendelbewegung: daß ihm diese Gaben dienlich seien, *aber die Geschenke zwi-*

schen uns sollen doch vornehmlich symbolischen Gehalt haben und nicht in die Sphäre des häuslichen hinabreichen – also 1000 Dank!

Sie hat nicht verstanden, wird man sich später sagen, daß nicht nur die Liebesgeschichte längst zu Ende, sondern daß Kubin ein alter Mann geworden war. Oder sich als solcher fühlte. Daß er einfach nur in Ruhe gelassen werden wollte. Er brauchte keine Geliebte, er brauchte eine Krankenschwester. Das war Cilli.

Und Emmy Haesele? Sie will nicht sagen, schreibt sie an Kurt Otte, daß ihr Kubin nun nichts mehr bedeute, *aber es war bisher so, daß er in meinem Herzen den Platz eingenommen hat, der Gott allein gebührt … Es gibt ein Sprichwort: junge Huren – alte Betschwestern, aber ich will damit nichts gesagt haben, höchstens das eine, daß jede Liebe eigentlich Gott meint.*

In Bad Aussee sieht man sie nun jeden Tag frühmorgens zur Messe gehen.

Sie beendet ihren Auftrag für die Holztafeln im Weinstüberl.

Die Ehepaare Stenzel und Landgrebe sind oft zu Besuch.

Zu Silvester 1950/51 stoßen sie auf Kubin an.

Erich Landgrebe hat ein Portrait von ihm gezeichnet, der Meister hat es ihm erlaubt und für gut befunden, es soll in der Galerie Welz in Salzburg ausgestellt werden. Sie beneidet Landgrebe um die Stunden bei Kubin, aber zeichnen würde sie ihn niemals. Kein Abbild machen, nein, nie. Im Frühjahr bringt ihr Gurlitt Kubins neue Illustrationen zum Roman „Die andere Seite“ – Haesele ist überwältigt von ihrer *unerhörten Schönheit*. Den Palmsonntag 1951 verbringt sie abwechselnd mit Kirchgang und dem Betrachten der Zeichnungen. Das Werk erscheint 1952.

Im Sommer nimmt Wolfgang Gurlitt sie nach Wernstein mit. Sie verbringt den Tag bei Pfarrer Samhaber, Gurlitt ist bei Kubin. Sie erkundigt sich ängstlich, ob er nach ihr gefragt hat. Er *hat* gefragt, ist distanziert an ihrer Konversion interessiert, schließlich ist ihm das Katholische seit seiner Kindheit vertraut und er geht, obwohl er sich Atheist nennt, jährlich in vorderer Reihe unter den Honoratioren des Ortes bei der Fronleichnamsprozession mit. Dennoch: *Ich glaube, eher werde ich in einem Kloster landen, bevor A. K. ein Wort der Güte für mich findet!*

Emmy Haesele macht Inventur. Sie prüft alles in Bezug auf den katholischen Glauben, der ihr letztgültiger Maßstab und Sinn ihres ganzen Lebensgebäudes geworden ist. 1951 bis 1953 nimmt sie an den Salzburger Hochschulwochen teil. Sie vertieft sich in religiöse und theologische Literatur, setzt sich mit der Glaubenslehre auseinander und hört Vorlesungen von Romano Guardini, Werner Bergengruen und Gertrud von le Fort. In Pater Ildefons Betschart OSB, Rektor des Kollegs St. Benedikt und Professor für Metaphysik, Psychologie und Geschichte an der Universität, findet sie einen idealen Gesprächspartner. Schüler C. G. Jungs, ist sein wichtigstes Forschungsgebiet die Bewegtheit und Abgründigkeit des Lebens zwischen Hoffnung und Verzweiflung, Leistung und Versagen, Geist und Trieb. Wie alle Spätbekehrten ist Haesele radikal: 1953 plant sie, zum Entsetzen von Kurt Otte und Wolfgang Gurlitt, ihr gesamtes bisheriges Werk der katholischen Kirche zu vermachen. Sie unterzeichnet mit drei Kreuzen. Durch den überraschenden Tod Betscharts kommt die Schenkung nicht zustande.

Anfang der fünfziger Jahre fahren die Schwestern Emmy und Marie mit einem Reiseunternehmen nach Italien. Der klassische Nachkriegstraum von Sonne und Süden, Gelati und Kunst, der Helle des Tages. Gardasee, Verona, Siena, Florenz, Rom. Der Rückweg führt über Assisi. Der Pilgerort war auch die Sehnsucht von Wilma gewesen, einer der Zelleninsassinnen aus dem Gefängnis von Salzburg. Ein serbischer Häftling hatte ihr abends einmal ein romantisches Ständchen gebracht. Nichts, was einmal war, ist verloren für Emmy Haesele, als ob alles eingeschrieben wäre in das Bild ihres Lebens, Worte, Gesten, Gefühle, sie kann sie abrufen wie gegenwärtig. Darum kann sie nicht vergessen. Sie hat zwei Männer geliebt, viel genommen, viel gegeben. Beiden bleibt sie verbunden, jedem auf andere Weise, ernsthaft, leidenschaftlich und untröstlich.

Im Franziskanerinnenkloster von Assisi bekommt sie die Zelle des heiligen Antonius zugewiesen. Welche Gnade. Nachts schreckt sie auf, schweißnaß: Wilma ist zur Mörderin von Hans geworden. Dann – welch grausames Bild – ist sie es selbst, *sie* ist die Mörderin, heiliger Antonius, hilf!

Sie beginnt wieder zu schreiben. Schreibt Erzählungen über die Vierzehn Nothelfer, Notate über Religion und Religionsphilosophie und in ein eigenes kleines Schreibheft über Schuld – Szenen, die, trotz heiterer Ausseer Gesellschaft, die bittere Einsamkeit einer alternden, gequälten Frau zeigen. Haesele hält Zwiesprache mit Gott und wird nicht müde, ihren *Frevel* des *Gottesurteils*, das sie herausgefordert hat, zu bereuen:

10 Jahre sind es heute, daß Du die Worte des Gerichts über mich gesprochen hast – 10 Jahre sind es, daß Du Ihn zu Dir genommen hast – Du hättest auch mich zerschmettern können und ich wäre mit all der Schuld vor Deinem Angesicht gerichtet worden.

Aber Gott gibt ihr ein Zeichen: Abends zündet sie vor Marias Bild eine Kerze an, im Niederbrennen entzündet sich im See des Wachses eine zweite Flamme, beide verschmelzen, sie fühlt sich begnadigt und schreibt Gott und der Gottesmutter ein Loblied der Erlösung.

Welch neue Welt, welches Abenteuer ist die christliche Ikonographie!

Das Theatrum mundi verwandelt sich in Haeseles Bildern in Szenen des Jüngsten Gerichts, die turmartigen Architekturen in das Sünden-Babel, und Lichtgestalten feiern ihre Auferstehung. Die Menschen aber irren immer noch durch das Labyrinth des Lebens, ängstlich und sündhaft. Kubin nimmt mitunter die Gestalt Hiobs an, Harlekin jene von Christus. Ähnlich den barocken Mysterienspielen, gliedert sie viele ihrer Zeichnungen in die Sphären von irdischer Hölle, Fegefeuer und himmlischer Helligkeit. Getauft ist das Dämonische, erlöst das Triebhafte, und der uterale Angsttraum ihrer Kindheit war nur ein Verstoßensein aus der Gnade Gottes. Das Sein ist undurchschaubar, die Maske verbirgt die Wahrheit, und ihre Verpuppungen soll der Mensch als göttlichen Willen erkennen: Wir sind Spielzeug Gottes. Schon ihren „Lebenserinnerungen" aus dem Gefängnis hat Haesele Zeilen von Angelus Silesius als Motto vorangestellt:

> Dies alles ist ein Spiel,
> Das sich die Gottheit macht:
> Sie hat die Creatur
> Um Ihretwilln erdacht.

Ihre Wut darüber ist verklungen. Geblieben ist die Demut.

Emmy Haesele ist zeit ihres Lebens eine Suchende gewesen. Das Unerklärbare ist ihr Kontinuum. Sie hat es in vielen Inkarnationen erlebt, hat ihm viele Namen gegeben: Angst, Liebe, Marionette, Januskopf, Maske, Spielball Gottes. Die andere Seite. „Der Demiurg ist ein Zwitter", heißt der letzte Satz von Kubins großem Roman.

Aber sie war sein Zwillings-Urweib.

Darum war die Übereinstimmung mit Kubin vollkommen.

Er war die Erkenntnis ihrer selbst.

Er war alles, dem sie alles geopfert hat.
Jetzt ist sie müde geworden.
Die Hoffnung ist gestorben.
Ihre Liebe sucht ein neues Bild.
Es gibt kein stärkeres als Gott.
Sie hat immer alles, was sie getan hat, ganz getan.
Nichts Bruchstückhaftes ist in ihrem Leben.

Am 23. Februar 1952 schreibt Pfarrer Samhaber an Alfred Kubin:

... möchte ich Ihnen auf diesem Wege mitteilen, was mich Fr. Haesele gebeten hat, Ihnen mitzuteilen. – Ich lasse ihre eigenen Worte folgen: „Es handelt sich darum, daß ich Sie bitte, Prof. Kubin mitzuteilen, daß ich mich endgültig von ihm gelöst habe. Und zwar mit allen Konsequenzen. Ich lasse ihn bitten, mir kein Geschenk mehr zu machen, weder zum Geburtstag noch zu Weihnachten. Auch ich werde ihm weder schreiben noch etwas schicken ... Ich weiß, daß nur so die Ordnung Gottes wieder hergestellt werden konnte."

13

1956 übersiedelt Emmy Haesele nach Wien.

Die Mutter ist über achtzig Jahre alt, sie braucht Pflege.

23 Jahre wird Haesele wieder in der Heumühlgasse leben.

Wien ist ein Wasserkopf, die Hauptstadt eines Kleinstaates. Keine Metropole eines Vielvölkerreiches mehr, als die sie es vor vierzig Jahren verlassen hat. Es ist erst einige Monate her, daß Außenminister Leopold Figl vom Balkon des Belvedere der Menschenmenge zugerufen hat: „Österreich ist frei!" Als Haesele kommt, sind die vier Besatzungsmächte gerade abzogen, vieles ist noch zerstört, eine graue, wirtschaftlich ausgebeutete Stadt. Auf dem Schwarzenbergplatz steht das Russendenkmal. Der Schwarzmarkt ist noch immer ein gutes Geschäft, und wer weiß, welcher „Dritte Mann“ gejagt wird im unterirdischen Reich der Überlaufkammern, Verbindungsgänge und Kavernen des Wien-Sammelkanals. Die Oper ist mit Ludwig van Beethovens „Fidelio“ eröffnet worden. Am Rand von Wien leben Flüchtlinge aus Ungarn in Lagern: Der Aufstand in Budapest ist von den Kommunisten blutig niedergeschlagen worden.

Die Wohnung in der Heumühlgasse ist trostlos, riesige Makart-Kredenzen, ungeheizte Küche zum Hof. Keine Geschwister zum Spiel. Die Mutter ist gebrechlich, später bettlegrig. Der vierte Bezirk braucht noch einige Jahre, bis er belebt werden wird wie früher. Nur der Naschmarkt hat sich schnell erholt, essen müssen die Menschen immer und immer lieben sie die Vielfalt. An seinem unteren Ende leuchtet die goldene Kuppel der Secession.

Haeseles Lichtblick ist Herbert, der Enkel. 1960 besteht er die Reifeprüfung und beginnt ein Jusstudium. Vorübergehend wohnen auch Georg und Baja Landgrebe bei ihr, sie haben, von Aussee kommend, ihre Studien begonnen, haben wenig Geld, und Emmy ist froh um eine Zubuße zur Miete. Baja kam, so erzählt sie heute, aus einer WG, Emmy war wie eine rettende Insel für sie. Äußerlich wie eine Hexe, bucklig und schlechte Zähne, aber blitzgescheit, warmherzig, neugierig, immer Rat gebend, in sich gekehrt, zeichnend hinter einem Paravant, mit Kubin wie in einem Kokon lebend. Der Tag genau eingeteilt, tiefreligiös, immer offen für die Sorgen junger Menschen, sie lacht, hat andere Wertigkeiten. Kocht Tee, weiß um das Weltgeschehen, stell dir vor, der Kennedy ist ermordet worden.

Täglich um sechs Uhr morgens sieht man Emmy Haesele zur heiligen Messe gehen. Meist in die nahe Paulanerkirche. „Oh Herr, ich bin nicht würdig, daß Du eingehst unter mein Dach, aber sprich nur ein Wort, so wird meine Seele gesund ...“

Überall sucht sie Kirchen auf, Elisabethkirche und Karlskirche, Michaelerkirche und Minoritenkirche, Peterskirche, Stephansdom, Jesuitenkirche, Maria am Gestade.

Die Loslösung von Alfred Kubin ist gelungen, und zugleich ist sie Illusion.

Emmy hat nur eine andere Form für ihre Sehnsucht gefunden.

Sie fährt nicht mehr nach Zwickledt.

Sie schleicht nicht mehr um das Haus.

Sie schickt keine Zeichnungen mehr, keine Briefe und keine Bettjäckchen.

Sie wartet nicht mehr auf Post.

Aber es geht nicht um Antwort.

Sie kann ihn nicht aufgeben.

Er hat sie einst ganz gemacht, und das will sie bleiben.

Auch Gott kann ihn nicht ersetzen, er kann ihn nur überhöhen.

Kubin war ihr Archetypus, ihr obsessives Urphänomen. Jetzt holt sie ihn ins Ungefährlichere – in das Sanftere der Erinnerung und das Nachgiebigere des Schmerzes. ... *ich kann Ihnen das nicht erklären, aber „gut" ist es schon lange (trotzdem es zeitlebens eine schmerzende Wunde bleiben wird)*, schreibt sie 1959 an Kurt Otte, mit dem sie den intensiven Briefwechsel nach mehrjähriger Pause wieder aufnimmt. Ihre Schuld hat sie in die österliche „felix culpa" umdeuten können, die Heilung und Milderung verspricht. Wie Kubin ihr einst geschrieben hat: *Jeden ruft Gott mit anderer Stimme.*

Am 20. August 1959 stirbt Alfred Kubin, versehen mit den heiligen Sakramenten, im Alter von 82 Jahren in seiner spartanischen Schlafkammer von Zwickledt.

Emmy Haesele war nicht beim Begräbnis.

In ihrem Nachlaß findet sich ein rätselhafter Satz.

Getippt auf ein kleines Stück Papier: *Jetzt, da Alfred und Hedwig sich uns im Ewigen vereinen, ist doch alles wieder gut?!*

Nichts ist darüber zu sagen, wie sie die Nachricht aufgenommen hat.

Nachzuprüfen sind nur ihre Briefe an Otte.

In jedem Satz, jedem Nebensatz: Alfred, A. K., Kubin.

Zunächst sind es konkrete Bitten: um Fotos aus den letzten Lebensmonaten, um eventuell noch vorhandenes Katasterpapier oder um eine Recherche nach ihren eigenen Briefen an Kubin, die er versprochen hatte, in seinem Wandschrank für sie aufzubewahren. Sie fragt, ob sie sich im Nachlaß gefunden hätten und wenn ja, wo sie verblieben seien und daß sie nicht möchte, daß irgendein Beamter sie lese. Die Vorstellung, selbst nach Zwickledt zu fahren, verursacht ihr hingegen ein *heulendes Elend*. So läßt sie es bleiben. Aber sie schnürt kleine Pakete mit den ihr noch verbliebenen Liebesbriefen von Kubin an sie, und schickt sie in unregelmäßigen Abständen nach Hamburg. Sie wägt ab, wovon sie sich trennt, beginnt wiederzulesen, *obwohl ... das Herz immer noch blutet*.

Du Unbeschreibliche
Du Stern in der Nacht
Du Schönstes, Du Innigstgeliebte
Du meine Liebeskraft, mein Liebesgeheimnis
Ich liebe Dich! Du Widerschein!

Hast Du wirklich Angst, Du könntest mir nicht genügen? Zweifelst Du wirklich? Sicher nicht. Der Zweifel, so schrieb ich Dir schon einmal – den Zweifel an der eigenen Weltbedeutung muss man in die eigene Gewalt, als feinstes Instrument bekommen ...

Kubin ist begraben, aber nicht tot.

Im Oktober 1959 macht die Galerie nächst St. Stephan in Wien eine Gedächtnisausstellung zu Ehren Alfred Kubins. Monsignore Otto Mauer, der Leiter der Galerie, ist ein Förderer der Moderne und öffnet seine Räume der österreichischen Avantgarde.

Emmy Haesele ist eine aufmerksame Beobachterin der Wiener Kunstszene, besucht viele Vernissagen, kennt die Werke von Arnulf Rainer, Josef Mikl, Markus Prachensky oder Wolfgang Hollegha. Aber das ist nicht ihre Kunst. Sie steht ihr verständnislos bis ablehnend gegenüber und glaubt, daß Otto Mauer sich mit ihr blamiere. Bei der Eröffnung der Kubin-Ausstellung steht sie im Publikum. Hört Mauers Rede, abends liest sie seine Einleitung zum Katalog. Sie ist entsetzt. *Von A – Z beinahe jeden Satz ablehnen* möchte sie. Was sie so erbost, ist die Darstellung des Verhältnisses der Geschlechter *(falsch, falsch, falsch!)* und Mauers Behauptung, daß Kubin einen Pakt mit dem Bösen, dem Teufel, geschlossen hätte und seine Kunst vollkommen ohne Hoffnung sei. Haesele widerspricht dem entschieden, widerlegt in ihren Briefen an Kurt Otte Mauers Meinung, sieht Kubin vielmehr als Gottsucher und in jedem Bild der Hoffnung Raum gebend durch das zentrale Licht.

Immer wieder zieht es Haesele in die Ausstellung. Junge Menschen strömen herein. Unter ihnen, sie kann es kaum glauben – ein Blinder. Später weitere sechs, sieben junge Männer mit schwarz verbundenen Augen. Grotesk, denkt sie, kubinesk. Oder war es, so fragt man sich später, eine der vielen effektvollen Aktionen der damaligen Kunstszene gegen das Establishment, wie sie von H. C. Artmann, Gerhard Rühm, Friedrich Achleitner und Oswald Wiener, von Christian Ludwig Attersee, Hermann Nitsch oder Günther Brus inszeniert wurden? Der offizielle Kulturbetrieb ist konservativ und repressiv, und die alten Vorkriegsseilschaften sind neu geknüpft. Aber die Avantgarde in Kunst und Literatur ist lebendig, es ist das Wien von

„Art Club", „Strohkoffer" oder der „Kärtnerbar", Michael Kehlmann leitet das „Kleine Theater im Kozerthaus", Friedrich Gulda spielt Klavier, und der greise, weise Albert Paris Gütersloh ist der Vater von allen. Es wird provoziert und protestiert, Blut geschüttet, eingesargt und frei geliebt, aber viele der Jungen spüren den Riß, der durch die Welt geht: Konrad Bayer begeht mit 32 Jahren 1964 auf Schloß Hagenberg Selbstmord, 1969 wird Gerhard Fritsch erhängt aufgefunden, und nur wenige Monate später springt Rudolf Schwarzkogler, gerade 28 Jahre alt, vom Balkon seiner Wohnung und stirbt auf dem Asphalt der Heumühlgasse.

Auf Nr. 3 der Heumühlgasse pflegt eine nicht mehr junge Frau ihre alte Mutter, die Pflege wird immer intensiver, Arztbesuche, Apothekengänge, zum Zeichnen bleibt kaum Zeit. Der Haushalt und die Wohnung mit sieben Zimmern, sechs Nebenräumen und vier Öfen, die zu beheizen sind, erfordern, trotz der Unterstützung durch eine Haushaltshilfe, Emmy Haeseles ganze Kraft. Sie ist übermüdet und abgekämpft, zerrissen und mit den Nerven fertig.

Aber sie gibt nicht auf.

Oft erst mitternachts geht sie an ihren Arbeitstisch. Die Bretter des alten Parkettbodens knarren. Wenn der Wind aus Süden kommt, hört sie die Straßenbahn der Zweierlinie in der Ferne vorüberrauschen. Sie nimmt diese Feder und jene, versucht, verwirft, wartet. Es riecht nicht mehr nach Ordination. Das weiche Streifen eines Bleistifts über handgeschöpftes Papier, leises Kratzen einer Tuschfeder. In der Durchlässigkeit ihrer Nachtwachen gelingt ihr eines der schönsten Bilder, das sie, wie die „Dame in Blau", mehrmals ausstellen, aber nie verkaufen wird: „La Belle et la Bête". Sie träumt ihre Bilder über die Schwelle.

Harlekin ist wiedergekommen, er liebt die Heumühlgasse, er bleibt bis zum Ende. Er ist Hauptakteur, Mittelpunkt oder Randfigur, sitzt auf einem Türrahmen, dirigiert ein Heer von Masken, bricht in einem Segelboot zu neuen Ufern auf, erreicht in menschen- und tiergestaffeltem Turmgebäude den First des Daches, ist Friedensstifter, Theaterdirektor oder trägt auf seinen Händen locker Stadt und Menschenchor zur Feier des heiligen Meßopfers: Wegweiser in allen Lebenslagen, kleine, traurig-heitere Figur im Chaos der Welt, als einziger nicht Teil der Menschenminiaturen, sondern einer, der beobachtet, einer, der weiß. Als Erlöser steht er in der Bildmitte in einer Art Mandorla oder wie im Inneren eines Bergkristalls. Die Menschen um ihn aber scheinen nach wie vor verloren. Hinter Gittern warten sie. Auf das Jüngste Gericht?

Eines Tages fällt Emmy in der Jesuitenkirche ein junger, langhaariger Mann auf. Groß, dünn, bärtig, in Jeans und Lederjacke. Er kniet in einer der letzten Reihen. Bei einer Vernissage in der Galerie nächst St. Stephan stellt sich heraus, daß es Ernst Fuchs ist. Er wird – welch ungewöhnliche Konstellation – der erste Förderer Haeseles in Wien. Fuchs war gerade dreißig und schon berühmt, Emmy Haesele Mitte sechzig und eine unbekannte Künstlerin aus der Provinz.

Ihre Eintrittskarte in die Szene war, so erinnert sich Ernst Fuchs heute, Alfred Kubin, ob sie es wollte oder nicht. Kubin war beängstigend, aber sie war an dieses Vorbild gebunden, er war ihr Weg in die Kunst. Sie war eine sehr stille, bescheidene Person, ein wenig verhärmt und im Gefühl befangen, verkannt zu sein. Aber ich habe ihre Arbeit sehr geschätzt, sie hat mir gefallen, das hat mich interessiert. Sie hat sich unter meinen Schutz geflüchtet, Unterschiede von Alter und Geschlecht habe ich nie gekannt.

Phantastische Traumwelt und barocke Fabulierfreude, das Dämonisch-Unbewußte und vielleicht auch das altwienerische Flair von Wurstelprater und Zaubermärchen mögen in Haeseles Werk Anklänge an die Schule der Phantastischen Realisten um Fuchs, Rudolf Hausner, Arik Brauer, Wolfgang Hutter und Anton Lehmden gewesen sein, deren Gruppenausstellung zwischen 1953 und 1964 als spät-surrealistische Variante österreichischer Prägung rund um die Welt ging.

Fuchs hat eine eigene kleine Galerie. Er plant mit Haesele und Michael Coudenhove eine Ausstellung für den Dezember 1960, sie wird auf den Jänner 1961 verschoben. Haesele sucht im Bundesministerium persönlich um Subvention für ihre Barauslagen an, für Katalog, Passepartouts, Beleuchtung, Beheizung usw. Ernst Fuchs arbeitet Tag und Nacht an einem riesigen Altarbild und plant wieder lange Auslandsreisen, er hat keine Zeit, sich um die Ausstellung zu kümmern. Emmy soll tagsüber Dienst in der Galerie machen, sie weiß nicht, wie sie das arrangieren soll.

In der Galerie herrscht noch ein drunter und drüber, das Licht wurde vom E-Werk abgeschaltet, weil es endlos lange nicht bezahlt wurde – ich mußte erst einen Ofen beschaffen ... Kisten voll leerer Weinflaschen stehen herum, alte Hosen, Westen u. Schuhe findet man da u. dort, im Schreibtisch eine Lade buchstäblich voll Zigaretten-„Tschiks“, Asche, Zündhölzl u. leere Zigarettenschachteln – na, usw. und ich bin hier festgenagelt! Außerdem kostet das eine Unsumme Geld! Ich habe wohl vom Unterrichtsministerium eine Subvention von S 1000.– bekommen, aber es wird über 2000.– ausmachen und Coudenhove (23 Jahre alt, sehr begabt, Meisterklasse Dobrowsky an der Akademie) hat die Subvention noch nicht bekommen u. ist anscheinend ein armer Schlucker – wenn ich das alles vorher geahnt hätte: nie hätte ich mich eingelassen auf dieses Unternehmen ... 1500 Adressen haben wir bereits auf Kuverts geschrieben, für die Einladungen ... ein Buffet mit Wein etc. müssen wir auch vorbereiten, u. ich habe keine Ahnung, wie viele Leute kommen werden zur Eröffnung – hoffentlich nicht alle 1500!!

Bei der Eröffnung war es dann *so irrsinnig voll, daß der Vergleich mit einer Sardinendose absolut nicht übertrieben war*. Haesele verkauft drei Zeichnungen. Ernst Fuchs stellt im Faltblatt zur Ausstellung die Bezüge zur Zeitgeschichte her: „In irgendeinem Weltkrieg haben wir für immer vor dem Grauen die Augen geschlossen. So verstorben, reden wir vom neuen Leben, vom ‚Anfangen', die brennende Welt leugnend, die unter den Händen solcher Baumeister vergeht ... Leichenträger bauen diesen letzten Tagen einige Kolossalkulissen. Was durch die Fenster dieser Kulissen zu sehen ist, haben uns vor allem die Künstler gezeigt ..." Die Kritiken sind verhalten bis negativ, das „reizvoll Ungelenke" wird erwähnt oder der einfache Zeichenstil, „eruptiv, beschwörend, eher drastisch als hintergründig", selbst Fuchs verweist auf Haeseles „grimmige Einfalt". Der Kunstkritiker Johann Muschik hebt hervor, daß sie von der Bibel her über die Welt Gericht halte und ihr Stil mit Kubin verwandt sei, ohne dessen souveräne Heiterkeit zu besitzen.

Bis Ende der siebziger Jahre gelingen Emmy Haesele mehrere Ausstellungen in ganz Österreich. In Fachkreisen wird sie geschätzt, jedoch nach wie vor mit der Zeichentechnik Kubins in Verbindung gebracht oder in das Abseits weiblicher Innerlichkeit gedrängt. Ernst Fuchs aber wird nicht müde, auf ihre Qualitäten hinzuweisen: auf einen Arbeitsprozeß, der „der Askese gleichkommt", auf ihre Kartographie der Unterwelt. „Ihre Bilder sind wie alte Predigten von Vergänglichkeit und Untergang und der Errettung jener Seele, die als armer Narr mit Gott um die Verdammten gelitten hat."

Die Freundschaft zu Ernst Fuchs hält viele Jahre. Sie ist bei ihm zu Hause zu Gast und er bei ihr, und Ende Mai 1962 kann sich Haesele eine Woche freimachen und fährt nach Paris, das sie seit ihrem ersten Besuch von 1927 liebt *wie eine 2. Heimatstadt*. Sie trifft Ernst Fuchs mit seiner jungen Frau und dem sechs Wochen alten Söhnchen und besucht seine erste Pariser Einzelausstellung, die ein großer Erfolg ist. Die Beziehung kühlt erst später ab, als Fuchs berühmt und nach Haeseles Meinung ein *Show-businessman* geworden ist.

1968 wird sie in den Berufsverband der bildenden Künstler aufgenommen, was sie ehrt, aber zugleich komisch findet. Die Arbeit der Kunsthistoriker hält sie zum Großteil für *defaitistisch,* und den gesellschaftlichen Kunstbetrieb mit Einladungen und Festen macht sie gezielt nur dort mit, wo sie glaubt, *die Sicherstellung meines Namens auf dem „Kunstmarkt"* betreiben zu müssen; sonst meidet sie ihn, da sie das Gefühl hat, durch die Betriebsamkeit *nie wieder zeichnen zu können.*

Die Wiener Albertina plant zu Kubins 90. Geburtstag im Frühjahr 1967 keine Sonderausstellung. Es ist für Haesele eine große Enttäuschung. Auch das Vorhaben, eine eigene Kubin-Abteilung einzurichten, wird verschoben. Beides bestärkt sie darin, Kurt Otte aufzufordern, sein umfangreiches Archiv nicht nach Wien, sondern nach München zu geben, wo Kubin zu zeichnen begann und in der Schwabinger Kunstszene seine prägenden Jahre erlebte. Ihr eigenes umfangreiches Kubin-Archiv bietet sie, inkonsequenterweise, Otto Mauer für eine Austellung in der Galerie nächst St. Stephan an. Vielleicht will sie ihn damit von dessen *Teufelspakt-Theorie* abbringen und durch ihre Sammlung eines Besseren belehren.

Haeseles Kubin-Archiv birgt, zusätzlich zu den Briefen, wahre Schätze: Mappenwerke, zahlreiche Lithographien, an die hundert Bleistiftskizzen und die kleinen Originale aus allen Schaffensperioden, die Kubin seinen Briefen beilegte.

Emmy Haesele gilt inzwischen in der Kunstszene als Kubin-Expertin. Über diesen Weg lernt sie auch wichtige Künstler und Sammler kennen, unter anderen Paul Flora, den Augenarzt Rudolf Leopold, und Christine Melngailis vom Versteigerungshaus Dorotheum fordert von Emmy wiederholt Expertisen zu Kubin-Bildern an. Für Wolfgang Gurlitt transkribiert sie Kubin-Briefe, die der Kunsthändler selbst nicht entziffern kann.

Die zahlreichen Angebote, ihre Sammlung zu verkaufen, lehnt Haesele ab. Ihr Vertrauen gilt allein Kurt Otte. Er möchte zudem alle Materialien, die ihr eigenes Schaffen betreffen, ebenfalls dem Archiv einverleiben und ihr damit einen Platz neben *ihm* sichern, den sie zeitlos liebt, dessen Werk sie kennt wie niemand sonst und den sie zu verstehen glaubt, über alles Wissen hinaus: *Mit dem Wissen zerstöre ich das Teilhaben, das Mitatmen, das Eingewurzeltsein. Es sind andere Organe, mit denen man teilhat, nicht Kopf oder Herz, sondern Wurzelgeflecht, das aus allen Poren dringt und durch alles hindurchwächst.*

14

Wien, Paris, Sommerwochen in Aussee.

Und Zwickledt?

Nach sechsundzwanzig Jahren –

Ja, dort.

Dort, wo die Nacht in der Ewigkeit stand und Seide den Tag umfing.

Wo der Flügelschlag des Habichts keinen Schatten warf.

Wo sich das Leben in sich selbst verträumte.

Im Juli 1962 betritt Haesele erstmals wieder das Haus mit dem hölzernen Türmchen.

Sie kommt sozusagen offiziell.

Im Schutz Gottes und seines Vertreters.

Pfarrer Samhaber hat den Besuch vorbereitet und die Haushälterin informiert.

Cilli war es gewesen, die ihr einst in Kubins Auftrag die Tür gewiesen hatte.

Kein heimliches Umrunden, keine Scham.

Jahre-, jahrzehntelang war sie ein Kreisel, der sich um dieses Haus drehte, forsch und frech am Anfang, glücklich und lebensprall, dann unsicherer, panischer, die Kreise wurden kleiner, die Bewegung langsamer und ohne Kraft, aber sie war auf die Bahn gesetzt, sie mußte sie vollenden, dann begann sie zu torkeln, bis sie schließlich niederfiel, mit einem letzten Hin und Her.

Welche Erwartung.

Welche Angst.

Welch Spiel des Lebens, das aus seinen Karten auch einmal eine heitere zieht.

Mit Cilly, die mich ... sehr herzlich empfangen hat, konnte ich mich sofort gut ins Gespräch bringen und sie sprach rückhaltlos wie zu einer vertrauten Freundin. Ich habe mehr als alles erfahren, was ich die ganzen Jahre doch mit einer Art Neugierde wissen wollte. Oftmals habe ich herzlich lachen müssen über die urwüchsig plastische Erzählweise von Cilly oder wenn sie mit schauspielerischer Begabung Stimmen nachahmte u. Szenen darstellte. Ich habe mich richtig mit ihr angefreundet u. war ihr dankbar für die diskrete u. zartfühlende Art, mit der sie mich behandelte.

Zwei Tage später kommt sie noch einmal mit Mesi und Herbert.

Die Leidenschaft ist beruhigte Erinnerung geworden. Durch die Zeit entschärft. Wie soll es auch anders sein nach fast drei Jahrzehnten. Das *Elementarereignis* ist jetzt ein kleiner Hausaltar, zu dem man beten und den man schmükken kann. Von den vier Menschen, die die Figuren in der Choreographie dieser Liebe waren, sind drei tot, nur Emmy Haesele lebt noch. Sie setzt die Geschichte dieser Liebe fort, sanfter, schmerzloser, aber lebensbestimmend immer noch.

15

1963 stirbt Emmy Haeseles Mutter.

Die Zeichnerin in der Heumühlgasse arbeitet nun auch untertags. „Mädchen, vom Bräutigam verlassen“: Der Mann klammert sich an eine Schindmähre – ist es der Gegen-Ali? – und macht sich hoch im Himmel aus dem Staub der Erde. Die Braut am unteren Bildrand liegt in einem Wasserbekken. Hat sie sich ertränkt wie Ophelia? 1974 zeichnet sie „Die drei Parzen (Hedwig, Nelly und Tilly)“: Die Schwestern lauern drohend und mit einer Schere bewaffnet im Torbogen eines dunklen Ganges, außerhalb im Blumenornament einer Hecke hält sich ein Liebespaar umschlungen. In der „Mondnacht“ hält Harlekin einer männlichen Figur einen Spiegel vor das Gesicht, eine Frau – ist sie es selbst? – sucht entsetzt das Weite, aus Fensterhöhlen rufen Menschen um Hilfe.

Leben tu ich ausschließlich in meinen Bildern. Es ist nicht das, was man einen Zeitvertreib nennt, es ist ein Muß, welches mir tiefste Beglückung gewährt, andererseits aber auch meine Unzulänglichkeit in der Ausdrucksfähigkeit steter Quell von Ansporn u. Zerknirschung bedeutet. Eines ist sicher: ob mit oder ohne Zustimmung oder Beifall: beirren kann mich da nichts, denn es ist als ob ich da einen Auftrag vom Schicksal hätte.

Gott ist nahe.

Und Kubin ist nahe.

Er ist im Geflecht ihres Alltags.

In der Buchhandlunge Frick am Graben steht sie lange vor dem Regal, in dem die „Andere Seite“ mit den neuen Illustrationen eingereiht ist. Dann blättert sie in Kubins Erzählungen „Vom Schreibtisch eines Zeichners“. Sie hat beide Bücher zu Hause, aber sie liebt es, hier im Distanzierten ein paar Zeilen zu lesen. ... *Der chaotische Abgrund, es ist unser eigener, in seinen unausgesetzten Verwandlungen, frißt ohne Unterlaß an der Welt und der halluzinierten Scheingröße unseres Ich.*

Auf der Wollzeile kommt sie an einer anderen Buchhandlung vorüber. Da springt ihr das Titelbild eines kleinen, hellgestreiften Buches entgegen, es ist Alfred Kubins Zeichnung „Das Morgenlicht", sie erkennt sie sofort. Ein Stich ins Herz, als sie den Titel liest: „Alfred Kubin. Briefe an eine Freundin". Sie geht in den Laden, läßt sich den Band zeigen. „Herausgegeben von Helma de Gironcoli. Mit 28 größtenteils unbekannten Illustrationen des Künstlers, Wien 1965". Fieberhaft blättert sie. Kubin schreibt von den letzten Kriegstagen, als ein SS-Haufen die Amerikaner provoziert, der Weiler Zwickledt in der Folge beschossen wird, drei Tote sind zu beklagen. Er bittet um Nervenmittel, schreibt über die Kälte und daß das Alter wie eine *unermüdliche Cascade* auf ihn herabsinkt: Angst, Schwäche, Gedächtnisschwäche, Ungeschicklichkeit, Langsamkeit; gut aber der Lebensrundblick *mit nur selten gestörtem Gleichgewicht ...*

Haesele zittert.

Es sind keine Liebesbriefe.

Aber diese Vertrautheit!

Das Café Hawelka in der Dorotheergasse ist ihr Stammcafé. Hier hängt sie ihre Ausstellungsplakate an die von Hinweisen überfüllte Wand. Es ist das Café, in dem H. C. Artmann seine Freunde traf, bevor er nach Schweden, Irland oder in die Bretagne flüchtete, wo Gerhard Bronner kettenraucht, Georg Kreisler komponiert und Helmut Qualtinger, Karl Merz und Peter Wehle ihre neuen Programme entwerfen.

Wien wird heller, aufgeräumter. Emmy hat Lieblingsgegenden, den Heldenplatz in Blüten und Duft von Kastanien und Flieder, den Volksgarten in seiner Rosen-Symphonie, den Josephsplatz in seiner Strenge. Die Dorotheergasse mit ihren Antiquitätengeschäften und Galerien, die Habsburgergasse, die Bräunerstraße und die Schönlaterngasse, wo es noch das winzige Geschäft gibt, in dem die alten Schildpattkämme verkauft werden, mit denen sie als junges Mädchen ihr kastanienbraunes Haar hinaufgesteckt hat. Beim Figlmüller hängen die Wiener Schnitzel über den Rand.

Emmy Haesele ist über siebzig, aber agiler und aufgeschlossener als manche, die jünger sind als sie. Sie schließt sich der Paneuropa-Bewegung von Otto von Habsburg an, fährt vereinzelt zu deren Treffen, nach Straßburg, ins Burgenland oder nur ins Wiener Hotel Wimberger. Die Augen werden allerdings immer schlechter. Auch Kubin hat zuletzt über das Nachlassen seiner Sehkraft geklagt und daß er Vergrößerungsgläser zu Hilfe nehmen müsse. Sie trägt starke Brillen, aber sie erzählt immer noch lebhaft und mit ironischem Unterton, Interviewpartner sind von ihr begeistert: 1967 entsteht das erste Fernsehportrait, und zehn Jahre später – sie ist bereits 83 – holt Karl Schwarzer sie anläßlich der Ausstellung in seiner Galerie vor das Mikrophon, und sie unterhält das Publikum mit launigen Erzählungen. Der Zeitungsbericht über dieses Ereignis trägt den Titel: „Wie man alt wird, ohne alt zu werden“. Niemals erwähnt sie öffentlich ihre intime Nähe zu Kubin, nie brüstet sie sich damit, ihn näher gekannt zu haben. Worüber sie spricht, ist das Geheimnis seiner Bilder.

Manchmal, wenn die Stunde durchlässig wird für den Tod, wünscht sie sich, neben Alfred Kubin auf dem Friedhof von Wernstein begraben zu werden.

Die Wien fließt.

Bruno Kreisky ist Bundeskanzler.

In der Paulanerkirche brennt eine Kerze.

Die Kraft, die sie noch hat, legt sie in ihre Zeichnungen. Die Kritiken ihrer Ausstellungen werden differenzierter, man sieht das Inferno ihrer Bilderwelt, die „Qual der modernen Vermassung". Walter Zeleny schreibt 1972: „Man sollte sich den Namen dieser Dame merken!"

Immer wieder sind es Bilder des Lebenslabyrinths: dunkle Städte, Kavernen und Katakomben, Menschengesichter, die in Angst und Hoffnung schreien, verstummen und zu fragen scheinen: woher, wohin und wo ist Erlösung? Beängstigende Doppelgesichter, Riesentiere, immer wieder Kubins Schlange. Gewaltbereite Golems machen sich über die Irdischen her. Das grausame Spiel, das Gott mit den Menschen treibt, indem er sie zu ewig Suchenden macht, perpetuiert sich in der flehenden Gebärde. Nur vereinzelt Monstranzen oder das Kreuz. Eine große Engelsgestalt mit gefalteten Händen, die die Menschen in den Schutz seiner riesigen Flügel nimmt, gibt es nur auf einem einzigen Bild: „In memoriam Alfred Kubin".

In Briefen und Tagebuchnotizen schreibt Emmy Haesele von ihrem Weg zu Gott. *Seit Jahren bescheide ich mich damit, zu Ehren Gottes zu zeichnen, so wie andere zu Ehren Gottes einen Choral singen, es kommt auf's Gleiche hinaus.*

Ihre Schuld ist längst gebeichtet.
Der Leib Christi, das Blut Christi –
Sie spricht von Erlösung.
Ihre Hände aber zeichnen wie von selbst das Gegenteil.
Masse und Macht.

16

Die Räume sind hoch, sie sind dunkel.

Sie waren es immer, jetzt sind sie höher, dunkler.

Wenn sie durch die Zimmer geht, spricht sie nichts an.

Sie hat keine Geschichten mehr für die Tapeten.
In der Küche vertrocknet das Brot.
Der Wind rüttelt an den Fenstern, sie sind geschrumpft.
Kein Scherenschleifer ruft mehr durch die Straßen.

Es ist einsam geworden um Emmy Haesele. Die Mutter ist längst tot. Sie selbst ist jetzt in dem Alter, in dem die Mutter damals war, als Emmy ihr zu Hilfe kam und das Ausseerland verließ. Herbert hat sein Studium beendet, hat geheiratet und ist nach einiger Zeit des Lebens zu dritt ausgezogen. Mit Herberts Frau Renate versteht sie sich gut, die Urenkel liebt sie, wenn sie auf Besuch kommen.

Sie ist allein. Sie sieht immer schlechter, stolpert immer öfter, verletzt sich. Die chronische Spondylose quält sie, eine Hammerzehe wird ihr wegoperiert. Die Bilder der Kindheit kommen wieder: die Brunnenfigur im Zaubergärtlein oder der Aufbruch des Hausherrn, wenn er einmal im Jahr mit seiner dicken Frau „aufs Land" fuhr: Der Hausmeister spannte die beiden traurigen Pferde vor den viersitzigen Landauer, die Dienstboten schleppten Körbe und Koffer herbei, Emmy, die Geschwister, die Köchin und das Stubenmädchen hingen am vergitterten Fenster, um das angebliche Gummibein des Hausherrn zu entdecken und um dieses ganze Schauspiel zu sehen, einmal, einmal im Jahr. Der Anstrich des Hauses Nr. 3 war einst ockerfarben. Jetzt ist er grau und schmutzig geworden.

In die Innenstadt kommt sie immer weniger. Der Weg ist ihr zu weit, zu mühsam. Es wird alles lauter, die Autos werden immer schneller, man kommt kaum mehr über die Straße. Auf der Schottenkreuzung halten die Studenten Sit-ins ab, sie weiß nicht, wozu. Die Panzer von Prag sind längst vergessen, und gestern hat sie sich eine Platte der Beatles gekauft. Alles wird teurer. Der Schuster in der Wiedner Hauptstraße hat zugesperrt. Im Hawelka verkehren jetzt andere Leute, die kennt sie nicht mehr. In der Kunstszene sieht sie wenig *Eigenschöpfung*, sondern beobachtet, daß *es nur mehr Umwandlungen und Manipulationen gibt: Play-Bach, Play-Strindberg usw.* Zu Vernissagen geht sie kaum, die Informellen und Abstrakten bleiben ihr fremd, der Aktionismus stößt sie ab, der Kreis um Otto Mauers Galerie nächst St. Stephan geht ihr verloren. Sie merkt, daß sie alt ist, gefragt sind die jungen Wilden, und die Inszenierungen um die eigene Person findet sie lächerlich, wie Leherbs weiße Mäuse und Tauben auf goldbetreßter Schulter über brustoffenem, besticktem Hemd.

Der Naschmarkt ist nahe. Sie mag frisches Obst und Gemüse. In Unken hat sie selbst alles im Garten angebaut und geerntet und in Zwickledt gab es einen großen Gemüsegarten vor dem Haus, Kubin mochte seit seiner kurzen buddhistischen Phase vor allem Vegetarisches und Mehlspeisen.

Sie geht über die Rechte Wienzeile.

Ein Auto stößt sie nieder.

Schwerverletzt liegt sie mehrere Wochen im Krankenhaus. Oberschenkelbruch und Trümmerbruch der rechten Hand.

Von der Versicherung bekommt sie kein Schmerzensgeld.

Sie hat die Straße nicht auf dem Zebrastreifen überquert.

Die rechte Hand bleibt verkrüppelt.

Sie wird nie wieder zeichnen können.

Als sie nach Hause darf, braucht sie Hilfe. Herbert, seine Frau Renate und Lucie Zelenka, die Nichte, bemühen sich abwechselnd, eine Heimhilfe kommt. Ängste der Kindheit und Alpträume der Erwachsenen kehren zurück und die Angst vor Einbrechern gesellt sich dazu. Der Mietzins soll drastisch erhöht werden.

So entschließt sie sich, zu ihrer Tochter zu ziehen. Mesi ist seit Jahrzehnten in Bad Leonfelden im Kurhaus angestellt und eine der beliebtesten Heilmasseusen der Anstalt.

Der erste Stock ihres Hauses in der Kurhausstraße 45 ist frei geworden. 1979 zieht Emmy Haesele ins nördliche Mühlviertel.

Alle, die sie kannten, erzählen, daß sich Mutter und Tochter nicht wirklich verstanden hätten. Sie wären zu verschieden gewesen, ja diametral in ihrem Wesen. Und daß nach Heinzis, des geliebten Sohnes, Tod der unausgesprochene Vorwurf im Raum gestanden sei, daß der Falsche habe gehen müssen. Ein ferner Schmerz für Mesi bis in die Gegenwart ihrer letzten, dämmrigen Tage im Seniorenheim von Bad Leonfelden.

Aber beide haben getan, was getan werden mußte. Sie haben sich in Kriegs- und Nachkriegskatastrophen beschützt und sind sich beigestanden auf dem Strohsack im Gefängnis, in der Erziehung von Herbert und in der späten Zeit der Hilflosigkeit. Und Mesi wird ihre Haupterbin im letztgültigen Testament sein, das sie mit Pfarrer Samhaber schon vor Jahren festgehalten hat. An Kurt Otte schreibt sie: ... *Ich weiß nicht, ob ich Ihnen jemals mitgeteilt habe, daß meine Tochter sehr große Liebe und Verständnis für Kunst im allgemeinen und für Kubins und meine Bilder im besonderen hat.*

17

Weg von Wien – es ist nicht leicht für Emmy Haesele.

Sie ist 85 Jahre alt.

Bad Leonfelden ist ein hübsches Städtchen, die Moor- und Kneipp-Kuranstalt wird kontinuierlich erweitert, aber Haesele fürchtet die Provinzialität, den Verlust der Anregungen einer Großstadt, in der sie jetzt wieder zweieinhalb Jahrzehnte gelebt hat. Sie fügt sich jedoch in das Notwendige, und Mesi bringt manch kunstinteressierten Kurgast ins Haus, mitunter gibt es gute Gespräche, Bekanntschaften und sogar einen Verkauf ihrer Bilder. Auf der Kommode steht eine Fotografie von Kubin.

Immer noch ist sie eine lebhafte, dominante Persönlichkeit, die die moderne Frau von früher ahnen läßt, nicht engstirnig und nicht moralisch, liebt die Familie und tut alles für sie, liest Ingeborg Bachmanns Roman „Malina“ und „Das Schloß“ von Kafka, liest Zuckmayer und über den Zuckerkandl-Salon, betreibt historische Studien, verfolgt die Entwicklung der Paneuropa-Union, studiert den großen „Blauen-Reiter“-Katalog, liest täglich Zeitung, geht zu Mesi in den ersten Stock hinunter, sie erstellen gemeinsam Horoskope, debattieren über das Zeitgeschehen und hören Radio. Mesi läßt der Mutter ihre begeisterten, selbstironischen Briefe an den Ö3-Wecker lesen, den sie bevorzugt; Emmy liebt Österreich 1. Dies ist das Bild, das Renate, Herberts Witwe, in sich trägt, und mit respektvoller Bewunderung steht sie vor Haeseles Bildern im inzwischen leeren Haus von Leonfelden. Mesi ist hochbetagt im September 2008 gestorben.

Ein dunkleres Bild hat ein später Gast in Erinnerung: In den allerletzten Lebensmonaten sucht Ferdinand Altnöder aus Salzburg Emmy Haeseles Bekanntschaft. Er ist Galerist und Sammler, auch der Werke Kubins. In vielen Gesprächen kann er Haeseles Mißtrauen überwinden und wird Nachlaßverwalter ihres bildnerischen Werkes. Sie hat mir frühe Kubin-Zeichnungen gezeigt, Persönliches über ihn reden wollte sie nicht, sagt Altnöder, die vielen Brüche und Widersprüche in ihrem Leben. Sie hatte etwas Düsteres, Unheimliches. Etwas Hexenhaftes. Glaubte an eine mystische, geheimnisvolle Welt, an die Energien zwischen Menschen. Dieses Zeichen von Kubin war auch an ihr.

Langsam hat sie sich eingelebt in Leonfelden.

Ihr Bewegungskreis ist klein geworden. Täglich macht sie Eintragungen in den Kalender: Wetter, Kirche, Glatteis und keine Kirche, Margret Landgrebe schreibt, Malvine Stenzel kommt, schwerer Sturz beim Verlassen des Geschäftes Manzenreiter, Mesi putzt meinen Ölofen ... Zwischen den Seiten: Zeitungsausschnitte über Kubin.

Nahe ist sie jetzt dem Böhmerwald, *seinem* Böhmerwald, in dem sie sich liebten. Sonne, Regen und Gewitter, Tusset und Kuschwarda, Oberplan und Schattara, die Melancholie der einsamen Wälder, der Windhauch in beseligten Sommernächten. Die Krötenaugen und Wasserleichen, die wilde Jagd der Dämonen und die Skelette toter Tiere haben das Gewalttätige verloren. Rauschen der Fichten und Föhren ist in ihrem Ohr, dieses Rauschen, das wie von Wasser ist, nur sanfter, singender, die Seele streifend. Kubins „Phantasien im Böhmerwald“ sind nicht ihre, aber sind ihre eigenen geworden.

Jeden Morgen geht sie, solange sie noch kann, zur heiligen Messe in die obere Pfarrkirche, die den Stadtplatz abschließt, eine prächtige gotische Kirche. Sie hat ihren eigenen Sitzplatz. Die Glöckchen läuten, der Weihrauch wird geschwungen, Gott Du Allmächtiger, Herr des Himmels und der Erde und aller Strafen unter dem hohen Gewölbe, unter dem Kreuz meines Lebens ... Ihre Zeichnungen waren ein Weg zu Gott, so hat sie es in den letzten Jahren beschlossen und erlitten, Kubin war nur der schmerzhafte Umweg, es muß so sein, sonst wäre es nicht zu ertragen, gestern hat sie das kleine Bild seines „Vogel Phönix“ wiedergesehen, und alles wurde lebendig und das Heulen stieg in ihr auf und die ganze Epoche wurde lebendig, tot war sie nie, nur sorgfältig verborgen, mit hundert Schleiern bedeckt, und um nichts in der Welt möchte sie dieses Bild je wiedersehen, und sie betet im Glimmen des Ewigen Lichts, ihre Gebete legt sie der Dreieinigkeit zu Füßen und auch zu Füßen Mariens, in herrlichstem Gold ist sie in den Hochaltar gefügt, auch ihr Kleid ist golden und mit roten Blüten und grünen Girlanden geschmückt, das arme Jesuskind trägt eine Krone so riesig und schwer. Maria ist ihr vertraut geworden in ihrem Schicksalsschmerz, und war nicht auch ihr Abbild immer schon in ihr, hat sie sie nicht schon dargestellt, ganz am Anfang auf jener Zeichnung, die Alfred so berührt hat, und auf der ein Mann und eine Frau aus den leeren Augenhöhlen eines in die Erde gebetteten Gesichtes zu einer Gestalt emporsteigen, die wie die Muttergottes aussieht und die Hände zur segnenden Besänftigung faltet? Schutzmantelmadonna, schau mich an –

Einmal hört Emmy Haesele im Radio eine Übertragung von Mozarts „Don Giovanni". Sie hat ihn einst mit ihrem Mann bei den Salzburger Festspielen gesehen, sie weiß noch, wie ihr Taftrock knisterte, als Hans ihr Knie berührte, Franz Schalk dirigierte, und Kubin war noch nicht in ihr Leben eingedrungen. Jetzt sitzt sie einsam in ihrem Lehnstuhl in der Kurhausgasse und hört die Stimme des Verführers, wie sie lockt und wirbt und er alles haben muß, was er begehrt. Und sie hört die Stimmen der Frauen, Donna Anna, Zerlina, Donna Elvira. Hört ihr Zögern, ihr Nachgeben, ihren Schmerz, aber eine, Donna Elvira, sie verflucht ihn nicht, sie bleibt ihm treu wider alles bessere Wissen, sie schützt ihn und liebt ihn und will ihn selbst vor dem Tod noch bewahren.

Die großen Lebensprobleme, hat sie bei C. G. Jung gelesen, sind nie auf immer gelöst. Sind sie es einmal, so ist es ein Verlust. Ihr Sinn und Zweck scheint nicht in ihrer Lösung zu liegen, sondern darin, daß wir an ihnen arbeiten, und das allein würde uns vor Verdummung und Versteinerung bewahren. So schreibt einer, denkt sie, der keine Lebensprobleme hat oder sich keine macht. Ach, wäre ich doch verdummt und versteinert –

Nach Zwickledt kommt sie nicht mehr.

Im Juli 1969 war sie zuletzt dort, Herbert hat sie in Mesis VW über Passau und Wernstein noch einmal ins Kubin-Haus gebracht. Das ist schon an die fünfzehn Jahre her. Cilli war wieder freundlich. Sie ist jetzt die Hüterin des Hauses, das zum Museum wurde. Hedwig Kubins Sohn Otto Gründler hat Haus und Inventar dem Land Oberösterreich auf Leibrente geschenkt. Für das Land ein gutes Geschäft: Gründler starb nur vier Jahre nach Kubin. Aus verschiedenen Quellen hat Haesele erfahren, daß Alfred seiner letzten Vertrauten, Luise Schmidt aus Passau, ein beträchtliches Erbe hinterlassen haben soll. Er nahm sie mit nach Tusset. „Du bist für mich der Böhmerwald“, hat er zu ihr gesagt. Zu ihr, oder war es eine andere, war es Marie Waldek, oder Anna Weidenholzer, oder – sie selbst?

Die Welt rückt langsam ab von ihr.

Emmy Haesele hat ein großes Schlafbedürfnis. Herzbeschwerden, Thrombosen, zahlreiche Stürze im Haus und auf der Straße. Zeichnen kann sie nicht mehr, die Hand ist fast bewegungsunfähig.

Der Briefwechsel mit dem Kubin-Archivar Kurt Otte schläft ein: sie hat ihm, als dem *treuesten und verständnisvollsten Sachwalter* nun endgültig alle Briefe von Alfred und Hedwig Kubin an sie selbst und an Hans Haesele, die beigelegten kleinen Kunstwerke und die Dokumente aus dem Umfeld geschickt und sie ihm testamentarisch vermacht. Auch ihre eigenen Briefe an Kubin, soweit sie erhalten sind. Sie äußert den Wunsch, daß alle Briefe erst nach ihrem Tod der Öffentlichkeit zugänglich gemacht werden sollen. Otte, der früh die gegenseitigen Anregungen im Werk der beiden entdeckt und analysiert und immer an die „Eigenständigkeit, das Eigenleben und die Eigenberechtigung“ ihrer Kunst geglaubt hat, hat inzwischen auch ein umfangreiches Haesele-Archiv aufgebaut. Der Gedanke, daß sie durch die Zusammenführung der Materialien auf diese Weise mit

Alfred Kubin unter einem Dach sein wird, macht sie glücklich. Und sie ist stolz darauf, daß dies auch eine kleine Parallele in Wien gefunden hat: Die berühmte Albertina, die unter anderem eine umfangreiche Kubin-Sammlung beherbergt, hat zwei Blätter von ihr angekauft.

18

Drüben.
Ja, dort.

Das Grummet ist geschnitten.
In weitem Bogen geht sie über die Wiesen.
Die Hügel hinauf, die Jahre hinunter.
Die Ränder entlang, in die Tiefe.
Sie umkreist das Haus ihrer Erinnerung.

Es vergeht kein Tag, an dem Emmy Haesele nicht ein Kubin-Buch oder eine -Mappe durchblättert. Sich in die Kubin'sche Welt von Worten, Zeichen und Zeichnungen träumt, in dieses magische Hell-Dunkel abertausender Blätter, in das zeitenthobene Bildnis von Natur, Mensch und apokalyptischer Zeit. In das Mal des Todes auf jeglichem.

Letzten Endes hat sie jedoch das hellere Bild von Kubin in sich bewahrt. Sie hat ihn kennengelernt, als seine wüsten Jahre vorüber waren, als er die Echos der frühen Erschütterungen zeichnete. Vielleicht hat sie, Liebende, die sie war, ihm nicht wirklich folgen wollen auf die andere Seite, die der tödlichen Dämonie, der triebhaften Zerstörungssucht. Sie hat seine zeichnerische Genialität bewundert, seine unwegsame Phantasie, seine obskure Phantastik. Sie konnte gut über Grauen, Qual und Abgründe reden, emotional aber ist sie der *Schönheit* seiner Kunst verfallen.

Kubin hat ihre Liebe einmal *bedingungslos* genannt. Sie ist es geblieben, über alle gottesschwangeren Versuche hinweg, sich von ihr zu lösen. Sie hat sie geschützt gegen Kälte und Demütigung, Kränkung und Zurückweisung, und über allen Schmerz, alle Schuldgefühle und alle Illusionen hinweg. Das Leiden an ihm war besser, als ohne ihn zu sein. Vielleicht ist sie durch ihn die geworden, die sie immer hatte sein wollen. Sie hat auf ihn zugelebt, lange bevor sie ihn kannte. Und als die kurze Zeit ihrer erfüllten Liebe zu Ende war, hat sie auf ihn zurückgelebt, lange bevor sie es wußte.

Von der Hoffnungslosigkeit ihrer Liebe sprechen nur ihre Bilder. In den letzten Jahren gibt sie ihnen eine Lichtquelle, gewiß. Bis zum Schluß aber bleiben die Menschen im Gefängnis des Lebens eingeschlossen, fragend und unerlöst.

Auf dem Sterbelager soll Alfred Kubin gesagt haben: „Ich habe mein Leben lang Angst gehabt, Angst vor dem, was ich nicht wahrhaben wollte – nun habe ich keine Angst mehr, weil ich die Wahrheit kenne."

Du Prüfstein meines Lebens
Du Schleifstein meiner Seele
Du Dschungel meiner Träume
Du Lebensrad meiner Bilder
Du Irrweg meines Suchens
Du Weltall in dem ich ruhe
Du Engel mit dem ich ringe
Du Teufel der mich narret
Du Kindlein das ich wiege

In der Wohnung leben mehrere Katzen. Einmal stolpert sie über ein Tier und fällt so unglücklich, daß sie nach Linz ins Krankenhaus gebracht werden muß. Wenige Tage später stirbt Emmy Haesele, 93jährig, an den Folgen des Unfalls am 20. November 1987. Sie ist in Bad Leonfelden begraben.

Rückblickend scheint mir das ganze Leben und Erleben traumhaft, als wäre man hineinverwoben in einen geheimnisvollen, unverständlichen, verworrenen Traum der Gottheit. Nur hie und da wird blitzartig in dem Dunkel etwas erhellt und das, was man so grell beleuchtet sieht, das nennt man dann wirklich und glaubt, es zu verstehen.

Brief von Alfred Kubin an Emmy Haesele, das Pferdepaar als Symbol ihrer Liebe:
Ali, der Schimmelhengst, Fatme, die Schimmelstute

Mein herzlichster Dank

gilt folgenden Institutionen und Einzelpersonen,
von denen ich für die Abfassung dieses Buches Unterstützung, Förderung und wichtige Hinweise erhielt:

dem Max-Kade-Center an der Washington University in St. Louis/Missouri, geleitet von Prof. Paul-Michael Lützeler, wo ich als Max-Kade-Fellow mehrere Wochen konzentriert arbeiten und die umfangreiche Bibliothek nützen konnte

der Literar-Mechana in Wien, die mir zwei Wochen ungestörten Schreibens in Altaussee ermöglichte

dem Land Oberösterreich und der Kulturabteilung des Landes Salzburg für einen Druckkostenzuschuß

Eberhard Spangenberg für die Erlaubnis des auszugsweisen Abdruckes aus zum Großteil unveröffentlichten Briefen und Texten von Alfred Kubin und den Abdruck einer Zeichnung Kubins

Annegret Hohberg, Leiterin des Kubin-Archivs in der Städtischen Galerie im Lenbachhaus in München, die mir großzügig Einblick in weitgehend unveröffentlichtes Material zu Emmy und Hans Haesele, Alfred und Hedwig Kubin, Tilly Spier und dem gesamten Umfeld gewährte

Renate Ludwiczek, die ebenso großzügig bisher unveröffentlichte Briefe, Texte, Tagebuchnotizen, Dokumente und Fotografien zu Emmy Haesele, Hans Haesele, Heinz Haesele und Mesi Ludwiczek zur Verfügung stellte, und für informative Gespräche

Ferdinand Altnöder, Galerist in Salzburg, der den Nachlaß des bildnerischen Werkes von Emmy Haesele betreut und überaus hilfreich für die gesamte Arbeit war

Barbara Wally für ein erhellendes Gespräch und die Pionierarbeit ihres Buches „Emmy Haesele 1894–1987. Leben und Werk“, hg. von der Galerie Altnöder, Salzburg 1993, in der auch zahlreiche Transkriptionen von Kubin-Briefen durch Wally, Melchior Frommel und Thomas Fischer enthalten sind;
die kunsthistorischen Passagen über Haeseles Bilder schulden sich zum Großteil Wallys Erkenntnissen

für persönliche Gespräche und bisher noch nie aufgezeichnete Erinnerungen: Lieselotte/Mesi Ludwiczek, Margret Landgrebe, Malvine Stenzel, Itha Maria Moldan, Baja Schüller, Maria Auer, Ludwig Höhenwarter, Maria Singer, Ernst Fuchs

für wichtige Hinweise und die Unterstützung bei literarischen und historischen Recherchen: Franz Xaver Hofer und Wolfram Steinwendtner, die darüber hinaus bei der Transkription von bisher unveröffentlichten Briefen Alfred Kubins aus dem Kubin-Archiv im Lenbachhaus in München und Fotografien außerordentlich hilfreich waren; Matthias Part, Hildemar Holl, Heinrich Schmidinger, Heinz Dopsch, Barbara Frischmuth, Heidemarie Kalss, Lutz Maurer, Dorothea Kaschl, Christa Gürtler, Barbara Stasta, Andreas Geyer, Gert Kerschbaumer

dem Salzburger Landesarchiv
der Landesgalerie Linz/OÖLandesmuseen
dem Wien Museum

Joe Rabl für sein aufmerksames Lektorat
dem Haymon Verlag für die gute Zusammenarbeit

Emmy Haesele und Alfred Kubin, Hans Haesele und Hedwig Kubin für das Glück und die Irritation, ihnen aus der Ferne begegnet zu sein

Die Zitate aus Kubin-Briefen an Salomo Friedländer, Fritz von Herzmanowsky-Orlando, Hermann Hesse, Helma de Gironcoli, Cäcilia Kindlimann und Anton Steinhardt und Tagebuchzitate sind folgenden Editionen entnommen:

Salomo Friedländer/Mynona – Alfred Kubin, Briefwechsel, hg. von Hartmut Geerken und Sigrid Hauff, edition neue texte, Wien-Linz 1986

Fritz von Herzmanowsky-Orlando, Der Briefwechsel mit Alfred Kubin 1903–1952, hg. und kommentiert von Michael Klein, Residenz Verlag, Sämtliche Werke in 10 Bänden, Bd. VII, Salzburg-Wien 1983

Außerhalb des Tages und des Schwindels, Hermann Hesse – Alfred Kubin, Briefwechsel 1928–1952, hg. von Volker Michels, Suhrkamp, Frankfurt/Main 2008

Ringen mit dem Engel, Künstlerbriefe 1933–1955, Alfred Kubin, Anton Kolig und Carl Moll an Anton Steinhardt, bearb. und hg. von Hans Kutschera, Salzburg-Stuttgart 1964

Alfred Kubin, Briefe an eine Freundin, hg. von Helma de Gironcoli, mit 28 größtenteils unbekannten Illustrationen des Künstlers, Bergland Verlag, Wien 1965

Alfred Kubin, Briefe an Cäcilia Kindlimann, hg. von Franz Hamminger, mit Beiträgen von Franz Xaver Hofer, Marianne Wischeidt und Evelyne Polt-Heinzl, Kulturverein Landstrich, Brunnenthal 2008

Andreas Geyer, Alfred Kubin, Träumer auf Lebenszeit, Schriften zur Literatur und Sprache in Oberösterreich, Folge 3, hg. vom Adalbert-Stifter-Institut des Landes Oberösterreich, Böhlau Verlag, Wien-Köln-Weimar 1995